"A medida que progresa la lectura, uno entra lentamente a la boca de un volcán viviente y no podremos volver siendo simples humanos. Esto es ciencia ficción de un orden geológico. Nunca se había escrito un libro así en este país".

LUIS CARLOS BARRAGÁN,
AUTOR DE *EL GUSANO* Y *PARÁSITOS PERFECTOS*

"En este libro, Rodrigo Bastidas Pérez produce una increíble mutación en la ciencia ficción latinoamericana. A través de su escritura, *Las dimensiones absolutas* nos muestra el siguiente paso evolutivo de la vida humana: uno en el que nuestra capacidad para el artificio y la destrucción se potencian para, quizá, reequilibrar a nuestra caprichosa, irritable y devoradora Madre Tierra. Pinche volcana cabrona, la amo".

GABRIELA DAMIÁN MIRAVETE,
AUTORA DE *LA CANCIÓN DETRÁS DE TODAS LAS COSAS*

"*Las dimensiones absolutas* nos confronta con una inteligencia mineral, primigenia. Para ello se nutre no de la vía negarestaniana del demonio ctónico; en vez de ello, esculpe hábilmente sobre la veta de la reología, de las rocas como tiempo y vida lenta, mostrándonos atisbos del brasero cósmico que alumbra detrás de las apariencias de nuestro universo. Esta novela, una épica inorgánica, reflexión sobre el lenguaje y los sistemas complejos, sobre la forma humana atrapada en un delirio, logra algo muy inusual: señalar el punto de confluencia entre la cibernética y el animismo".

MAURICIO LOZA, AUTOR DE *GASGURÚ*

"En algún momento perdido de la década del noventa —ese pliegue de Moebius del futuro—, el teórico de la información y criptógrafo Daniel Barker confrontó la noche de la selva en una remota estación de investigación biológica. Allí escuchó la armonía, el canto y el ruido de más vasto alcance, la voz ya no del reino vegetal o el animal o de las bacterias sino del continuo flatline de la desvida: lo que la roca canta en termodinámica, el reservorio de memoria en la formación del planeta. En *Las dimensiones absolutas*, Rodrigo Bastidas Pérez sigue los pasos de Barker al examinar uno de esos puntos en que el geotrauma profundo —el magma del manto, alimentado por la catástrofe estelar del núcleo primordial o Ctártaro— es arrojado a la superficie en erupción y desdoble: esta novela, entonces, (des)codifica la desvida de un volcán, su agenciamiento geológico, su intento de comprender lo humano entre ritos, cánticos, sustancias enteogénicas y sabiduría ancestral. Deleuze y Guattari, y con ellos el profesor Challenger, se preguntaron por qué o por quién se toma la Tierra: en esta novela incandescente encontramos los indicios de una respuesta posible".

RAMIRO SANCHIZ,
AUTOR DE UN PIANISTA DE PROVINCIAS Y LAS IMITACIONES

Rodrigo Bastidas Pérez. (Pasto, Colombia) PhD en Literatura, es investigador independiente, docente universitario y crítico literario. Con Editorial Planeta publicó las antologías de ciencia ficción colombiana *Relojes que no marcan la misma hora* (2017) y *Cronómetros para el fin de los tiempos* (2017), y bajo el sello Minotauro editó la antología de ciencia ficción latinoamericana *El tercer mundo después del sol* (2021). En 2023 editó *Variaciones infinitas: antología de cuento colombiano* (2023) y la antología *Futuras: cuentos de ciencia ficción eco feminista* (2023). En 2022 publicó el libro *Cuerpos luminares y de otras dimensiones*, Premio Julio González Gómez en 2023. Es editor general de Ediciones Vestigio.

Las dimensiones absolutas

Heterogénesis maquínica

Rodrigo Bastidas Pérez

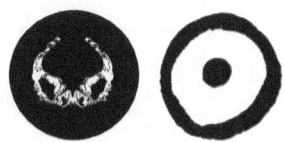

PRIMERA IMPRESIÓN: FEBRERO DE 2025.

Ediciones Vestigio
Rubedo n° 7

© 2025, Rodrigo Bastidas Pérez, del texto.

© 2025, Camilo Andrés, (@camilo_oandres), de las ilustraciones.

© de la presente edición:
Ediciones Vestigio S. A. S., 2025.
Calle 137 #55A - 66
Bogotá, Colombia

IMPRESIÓN
Torrebeta

DIAGRAMACIÓN INTERNA
Paula Castillo

EDICIÓN Y DIAGRAMACIÓN DE PORTADA
Diego Cepeda

ISBN 978-628-96799-0-8

Este libro es publicado gracias a la
Convocatoria a editoriales colombianas para la publicación de obra inédita 2024,
de el Ministerio de las Culturas, las Artes y los Saberes
y la Biblioteca Nacional de Colombia.

Todos los derechos reservados,
incluidos los de reproducción total o parcial.

IMPRESO EN BOGOTÁ, COLOMBIA

Los remolinos que giran en dirección opuesta a la corriente principal se llaman "enclaves". Y uno de ellos es la vida, que en un universo que se mueve de manera inexorable hacia el caos, se dirige hacia un mayor orden.

Principia Discordia

Los lazos entre aquellos que resisten, crecen y se profundizan. Tienen que hacerlo, es el pegamento secreto, el fuego secreto, es la fuente de energía que une y sostiene a los que dan batalla. A veces siento que ideas como estas se encuentran asentadas en la cima de un volcán.
No podemos todavía formular ni sistematizar los fuegos que arden al interior de estas tierras. Se manifiestan de manera directa en nuestros comportamientos, en nuestros sentimientos. Pero ya llegará el tiempo en que comprenderemos los acontecimientos actuales, y seremos capaces de advertir que hemos dado a luz toda una forma distinta de ver y experimentar las cosas; que hemos creado un cuerpo de ideas.

Félix Guattari, *Un amor de UIQ*

A La Negra,
que ha poblado mi cabeza de magma vital
por más de dos décadas.

1. Cueva

La camioneta se detiene al lado de algo similar a una casa que parece sostenerse de pie más por la costumbre que por la lógica de su estructura. Es la única construcción que se puede ver en este paisaje en kilómetros alrededor; en realidad, aparte de las gigantescas antenas que aparecen esporádicamente, como si alguien las hubiera dejado olvidadas en las partes más recónditas del camino, es uno de los pocos rastros humanos que hemos visto desde que subimos a la camioneta e iniciamos el ascenso a la montaña. El conductor acciona el freno de mano, se preocupa por dejar encendido el motor, gira su cuerpo por encima de las sillas y alarga el brazo para abrir desde adentro la puerta corrediza.

—Hasta aquí llego yo. Si quieren subir más, desde acá toca a pie —nos dice.

Comprendo que nos obliga de mala gana a bajarnos, así que organizamos las maletas, los sacos y los gorros para dejar el carro. El conductor da un fuerte suspiro de satisfacción cuando ve que nos movemos; abre su puerta y sale de la camioneta rumbo al baúl, de donde saca cajas de cartón que empieza a apilar a la vera del camino, al lado de la construcción. A medida que en mis pulmones el aire frío del páramo se confunde con el polvo que ha estado dando vueltas por la cabina, me doy cuenta de que sé muy poco de las personas con las que comparto el transporte. No veía a Juana desde la última vez que visité a mamá, hace cuatro años; de Dayra solo recuerdo unas pocas palabras que me dijo el día anterior, cuando me llevaba a casa y yo me recargaba sobre su hombro para poder mantenerme de pie. Hoy casi no hemos cruzado palabra: de madrugada, paralizados por el frío y parados frente a una puerta abierta donde solo vendían un café cargado de panela que tomamos mientras esperábamos la camioneta, vimos en completo silencio cómo el color del cielo reptaba lentamente hacia el naranja. Imaginé que nuestra reserva era producto de la resaca y el cansancio de la noche anterior, pero el brillo en los ojos de Dayra al ver cómo el sol aparecía tras las montañas que cercaban la ciudad, me hizo sentir que me encontraba con ellas en un rito de iniciación. Tampoco pude hablar mientras subíamos por la montaña en la camioneta; el ruido de las latas oxidadas que se chocaban y se desgajaban a causa del camino destapado y lleno de curvas hicieron que las más de tres horas de trayecto pasaran entre momentos de duermevela y golpes de la cabeza contra alguna esquina de la ventana. Cuando lograba entrar al mundo de la vigila, veía que Dayra y Juana se turnaban para silbar una tonada repetitiva e hipnótica que por momentos me pareció una especie de mantra andino. Quizá Dayra me había hablado en la fiesta de la noche anterior, aunque la recuerdo más bien callada y atenta a lo que ocurría en la sala de la casa de Juana, pero no estoy seguro. Si lo pienso bien, cada recuerdo de esa fiesta es borroso y se mezcla con los sueños absurdos que me mantuvieron en un estado de vaivén somnoliento, apenas interrumpido cuando me despertaba a vomitar por la intoxicación que me había producido vaciar unas copas de más de chapil, las suficientes para dejarme en ese desagradable estado de amnesia selectiva. Teniendo en cuenta todo esto, me doy cuenta de que somos tres semidesconocidos que nos juntamos por casualidad una noche de fiesta y que decidimos, en medio de la emoción de la música y el baile, salir a caminar para conocer qué había más allá del páramo. O bien, el desconocido en esta triada soy yo, porque seguro Dayra y Juana se han visto antes; aunque, por más que lo pienso, no he podido resolver cuál es el lazo de amistad que las une.

El conductor apila cajas hasta formar un pequeño montículo que parece el reflejo en miniatura de las montañas que se ven al fondo, más allá el abismo. Me acerco al desfiladero que parte la tierra un poco más allá de la casa y de la montaña de cajas: hacia abajo se observan los últimos frailejones que sobreviven a esa altura, separados unos de otros; hace un tiempo dejamos la zona en la que podíamos encontrar largos tallos amarillos que terminan en una espiga, plantas trepadoras en busca de la humedad de la tierra o árboles miniatura que se llenan de polvo con el paso de una camioneta; ahora solo hay piedras, rocas pequeñas y redondas que pateo con cada paso. Caminar sobre este suelo, que se siente armado de fichas de rompecabezas imposibles, es como pisar pequeños cráneos de ratones que se revientan a medida que me muevo. El viento silba fuerte y se convierte en una forma de ruido blanco que me permite aislar la imaginación y pensar más claramente. Con la mirada clavada en el horizonte de las montañas, que se difuminan a medida que se alejan y se mezclan con la bruma lejana, y con los oídos llenos de un frío que hace equilibrismo entre lo líquido y lo gaseoso, se me presenta al fin la duda que estaba evadiendo con trucos que le jugaba a mi mente. Parte de este viaje se anclaba en la idea casi utópica de querer estar lejos de todo: quería materializar una de esas frases que se lanzan al aire en la soledad de una casa, el grito desesperado de alguien que ya no aguanta el vértigo del mundo y quiere desaparecer completamente. Soñamos soledad con la esperanza de que, cuando ese deseo tome cuerpo, algo se resuelva y todo cambie de perspectiva. Deseamos constantemente sin saber la esencia de lo que queremos, caemos en la trampa del boceto que reemplaza la ansiedad de futuro y le creemos. No nos damos cuenta de que el deseo real se consuma en el acto mismo de desear, por lo que toda realización se desvanece al llegar a la meta. Y aquí estoy, al final de un camino donde las montañas reclaman su espacio en la voluntad. No sé por qué siento que es una de esas decisiones que alguien más ha tomado por mí y que yo solo sigo de manera automática, como continuando con un libreto desconocido; es como si las cosas me atravesaran y mi tarea solo fuera interpretar en retrospectiva cómo llegué a este punto. Al final, seguramente, cuando logre comprender cómo mis pasos siguieron para detenerse en este cementerio de cráneos roedores, ya habrán pasado decenas de cosas más y la nueva tarea será interpretar una nueva línea de acontecimientos. Desde hace mucho tengo esa sensación: la vida consiste en descifrar el presente buscando reconectar acontecimientos en retrospectiva, hechos que me dicen que solo puedo entender mi lugar en el mundo como resultado de algo que se pierde en la inmensidad del tiempo.

    Una vez afuera de la camioneta, después de desperezarnos y terciarnos las maletas a la espalda, nos volvemos a saludar, como si no lleváramos juntos tres horas de camino, como si no fuéramos de los pocos seres humanos en kilómetros a la redonda. Un impulso gregario hace que estemos más cerca de lo que nunca hemos estado en la ciudad; una forma de unión atávica que crea resistencia contra la inmensidad de un paisaje que en su extensión pareciera estar más allá de la comprensión. Acostumbrado a leer pixeles en pantallas y comprender el mundo a través del detalle del código y la programación, me es difícil captar lo que significa plantar mi mirada en el horizonte y cosechar una imagen en un punto inaccesible para mi cuerpo. Siento, como si fuera una máquina, que los músculos de mis órbitas giran y se curvan buscando el foco ideal para entender el mundo alrededor. La sensación resultante es saberme parte de un grupo convertido en núcleo de defensa colectivo, una especie invasora de la montaña. Pero la realidad práctica es totalmente diferente: somos el resultado de algo que siempre pasa en esos proyectos absurdos que resultan de fiestas aleatorias. Al inicio uno apenas habla con los demás y, para romper el hielo, se comentan un par de detalles insignificantes (cuánto ha cambiado el clima, la última indignación compartida por redes sociales, bromas livianas sobre quienes aún no están, recuerdos de conocidos) o de temas en común que, en esta ciudad, aún se escuchan a través de una radio local que se niega a morir (los problemas en las fronteras, el papeleo para viajar que nadie entiende). Hay una suerte de potencia escondida en las fiestas, una energía que se encuentra en cada uno, lista para recorrer otros cuerpos y otras mentes; al entrar al espacio está la tensión tácita de preguntar cómo se moverá nuestra corriente y de qué manera la de los otros logrará atravesarnos; en algunos casos, las personas volverán con la energía aún contenida en el cuerpo, tristes por no lograr contaminarse, en otros se producirá la debida carga y descarga que llenará y vaciará pilas emocionales, intercambios en los que se marcarán los caminos, los ritmos y los tiempos. Al inicio, si se entornan los ojos, es posible ver sobre las cabezas algunas nubes brumosas con las expectativas de imaginar cómo terminará todo, si la noche se volverá una aventura con personas que no recordaremos unos meses después o si ese será el momento en que se funda una amistad moldeada por el tiempo. Se siente la condensación del porvenir, la concentración del futuro en un día. En mi caso, la energía que intercambiaba era vieja, conocida, algo ajada; en el trueque de esa minga reconocí la tibia cercanía de Juana, que me abrió las puertas de su casa y me permitió entrar en un torbellino de recuerdos que resultaron aquí; era una descarga que transmitía la suavidad de la alpaca. Entre sumas y restas de chispas, el resultado de la transacción había resultado en nosotros al borde de un páramo, en la carretera, al lado de una pila de cajas, unidos con el paisaje. No nos quedaba más que hablar e intentar que nuestras voces tendieran un lazo para mantenernos unidos.

Después de intercambiar ese par de palabras sueltas que delataban nuestra materialidad quedamos anclados en ese camino de piedras, quitándonos el polvo de los hombros y echándonos vaho a través de los guantes de lana. La seguridad de la parálisis me hace sentir cómodo, seguro, podría quedarme así por horas, pero Juana rompe el hechizo, su voz quiebra el tiempo muerto, es como si ella tuviera que gritar para que nuestra voz no sea tragada por el suspiro del viento vuelto un bramido; lanza un fuerte «Empezamos» dirigido a la nada y se separa del grupo. Veo cómo rodea la camioneta, cuenta las cajas que se apilan en el camino y habla con el conductor a través de la ventanilla. No logro escuchar bien lo que dice, pues encima de cualquier palabra se cuela el estruendo de *Los Kjarkas* que empezó a sonar desde que bajamos. Al verla tan desparpajada y segura hablando con el chofer, pienso en ese sueño de vida paralela con el que siempre divago: el deseo profundo de decirlo todo, hablar con la aparente lucidez de las noches de insomnio, ser riguroso y explícito, pasar por las acciones con la fluidez del agua; sin embargo, aquí estoy, temeroso y lleno de dudas, preocupado porque hace más de cuatro años no hago algo como esto, un impulso inconsciente que me deje en las manos de alguien más. Después de años de estar sumergido en programas de depuración de datos, el mundo me parece un lugar extraño y lleno de fallas por corregir; me apoyo en el hecho de que los errores son resultado de no vaciar la suficiente lógica en los hechos, me doy esa explicación: es por eso que las cosas no funcionan como deberían. Pero estoy con Juana: lo imprevisible materializado, el nodo del azar, el nombre de lo fortuito. Si en algún momento surge un problema, dependo absolutamente de ella, es quien ha estado aquí, la persona que encontraría soluciones; si hay roles en esta puesta en escena, el mío es ser huésped, dejarme sorprender, acompañar, seguir, ser el foráneo, el hombre de afuera, aquel que ve por primera vez. Juana indica y muestra, yo observo y asiento; nuestras acciones están bien delimitadas por ese guion, pero ese no es el caso de Dayra, de quien aún tengo una imagen brumosa, llena de neblina. Por momentos me cuesta distinguirla, como si sus bordes estuvieran siempre a punto de desvanecerse con cualquier esfuerzo, con una mirada que se apoye sobre ella o con un par de adjetivos que intenten describirla. Sin embargo, al verla en su desborde, siento una complicidad curiosa, una familiaridad rara que se afianza con una de las pocas imágenes que tengo en mi cabeza de la noche anterior: ella me sostiene de un brazo mientras intento sostenerme vertical, mis pies se deslizan por el piso como si caminara sobre gelatina espesa, no logro agarrarme de una pared. El recuerdo de esa escena es tan desenfocado como la misma Dayra, pero basta para sentir un poco de confianza; es alguien que no me ha dejado caer, y eso es suficiente para sentir una mayor seguridad con ella que con Juana, quien sigue hablando con el chofer. Seguro está conviniendo la hora en que nos vendrán a recoger o comentando algo de las cajas, o quizá solo está enviando saludos a un conocido en común; al terminar me busca con la mirada, me señala y da con la palma dos golpes amistosos sobre el capó antes de despedirse. La camioneta arranca lento, se aleja con el sonido de las zampoñas y las quenas rompiendo el frío. Cuando se empieza a disolver para mezclarse con el camino, apenas se logra escuchar una percusión de bombo que se mezcla con el ruido de las llantas sobre las piedras; cientos de cráneos de ratones aplastados bajo el peso de la camioneta. Juana se queda viendo cómo se aleja el vehículo y, cuando dejamos de escuchar la música y los instrumentos son reemplazados por el aullar del viento entre los frailejones, Juana se acerca al lugar donde Dayra y yo seguimos de pie, aún con la parálisis que nos causa la inmensidad del paisaje. Todo este tiempo hemos estado silenciosos, dejando que el movimiento de Juana, la única que parece tener la posibilidad de desplazarse con la naturalidad de quien se mueve por su casa, nos hipnotice; ella es un objeto que se mueve a una velocidad anómala, una variable en desviación que, por contraste, me permite ver cómo funciona el tiempo aquí. Ahora que el carro se fue, la consistencia de la naturaleza es aún más densa. Hasta las cajas apiladas parecen tomar la tonalidad gris del ambiente y volverse piedras. Es como si todas las cosas que traemos desde la ciudad se adaptaran al espacio y se identificaran con la materia prima de la que vienen, construyendo un viaje en el tiempo retrospectivo que las llevan a su ser filogenético, reencontrándose con un origen que no es otro que las piedras y las hojas, el polvo y la tierra que pisamos en este momento. Despierto de la visión con un grito en tecnicolor de Juana, que rompe la densidad del paisaje monocromático.

—Bueno queridísimos, vamos a ver si ya llegó Pacho y nos tomamos unos brandis para el calorcito. Y si no ha llegado, pues también nos los tomamos —y suelta una carcajada ruidosa, cargada de un doble sentido entre risa y solemnidad. Sigue siendo la misma Juana que conozco, mantiene el tono festivo de siempre: un pie en la practicidad y otro en el delirio. No estoy acostumbrado a su derroche de energía y, por un momento, tengo la impresión de que aún conserva la ebriedad de la noche anterior, aunque al dar un vistazo rápido al paisaje siento un mareo de vértigo que me hace pensar que, en realidad, quien aún está borracho soy yo.

Por petición de Juana, cada uno lleva una caja para transportar la encomienda dentro del lugar. Están mucho más pesadas de lo que las hizo ver el conductor. Con la carga, entramos en esa construcción: solo se asemeja a una casa en que su estructura sostiene un techo sobre nosotros. Después de pasar a través de un pasillo largo y estrecho, llego a un espacio más amplio, rodeado de unas paredes muy viejas con una leve curva hacia afuera, parecen combarse por los muchos años soportando el peso del aire denso y lleno de ceniza que se estanca sobre ellas. Los muros son una sumatoria de ladrillos, plantas, botellas incrustadas, chatarra, otros objetos que no se logran identificar y principalmente barro; una prolongación caprichosa de la naturaleza que se confunde con el paisaje. Al dejar la caja en una de las esquinas, mi mirada da una vuelta por el espacio para ayudarme a ubicar en el lugar, pero se estanca en el vano de la puerta: se ve más pequeño por la distancia del pasillo; además, al ser uno de los pocos lugares desde donde entra luz, la oscuridad la aprisiona y la achica aún más, convirtiéndola en un lente a través del cual observamos el mundo de afuera. Sin embargo, detrás de ese umbral aún se pueden ver las montañas que cambian su color: son de un verde que degrada su tonalidad, desvaneciéndose en el horizonte. Ya en la última cadena se confunden con la niebla en un espacio indeterminado que es a la vez cielo y agua y nubes y aire y tierra; siento como si me despidiera de ellas, como si al seguir más profundo dentro de esta cueva misteriosa, estuviera entrando en un sistema digestivo que empieza a expulsar sus ácidos para disolverme y convertirme en parte de ella. Soy tragado por una planta artificial que se alimenta del calor de mi cuerpo.

    Me cuesta ubicarme. Por momentos siento como si el lugar me expulsara, me llevara hacia afuera, donde el aire corre más fresco; me apoyo contra una de las paredes para no caerme: el mareo sigue y se intensifica por el cambio de ambiente, no me importa que la ropa termine totalmente sucia por la viscosidad que emana de los muros. La mezcla de la altura, la falta de aire en este lugar encerrado, la oscuridad verdosa que me rodea y el esfuerzo de cargar las cajas me obliga a sentarme y tomar aire hondo. Una vez los latidos del corazón logran apaciguarse, puedo ver mejor que estamos en un espacio más amplio de lo que se podría adivinar desde afuera, pero es asfixiante, opresivo; además de la puerta, la luz se logra filtrar por unas pequeñas rendijas distribuidas aleatoriamente por el lugar, en las cuales se puede ver que el grosor de las paredes es casi el de un tronco. Es un espacio sin divisiones ni cuartos, sin columnas que sostengan el techo; la curvatura que había visto inicialmente se reproduce y tiende al finito como un fractal orgánico que rehúye a las líneas rectas. En la esquina opuesta a la que me encuentro hay una cama vieja y oxidada con un colchón de paja y cobijas de retazos cosidos sin orden; a su lado hay un fogón de leña apagado hecho en piedra, un armario grande hecho de guadua con puertas de madera pesada y carcomida por la humedad y, en el centro de todo, un cúmulo redondo de piedras que desprende un calor apenas perceptible. Es la única fuente de calor a la que se puede aferrar mi cuerpo; entre la montaña de cenizas, aún con humo, logro distinguir el brillo tímido de un par de brazas que se resisten a ser disueltas por la humedad del lugar. Veo las sombras de Juana y de Dayra moverse por el espacio como espectros de seres que no logro definir; puedo distinguir fácilmente lo estático, pero sus movimientos las diluyen, veo toda la escena como si fuera la secuencia de una película construida con una serie de fotos borrosas. Aquí y allá sus cuerpos cortan los rayos de luz que entran por los agujeros en las paredes. Me esfuerzo por concentrarme y logro construir una escena clara: Juana toma una rama seca del fogón de leña, la parte en trozos pequeños y la ordena como un tejido encima del fulgor que aún humea en el centro; sopla la lumbre unas cuantas veces, lo hace lento, como tratando de que su aliento atraviese la montaña de cenizas y llegue al corazón, al pequeño fuego que aún se niega a morir. Después de cuatro o cinco intentos vanos, la estructura tejida de ramas se convierte lentamente en una llama lánguida, azulada; Dayra y yo nos acercamos como polillas atraídas por la luz, nos sentamos alrededor del calor renacido.

—Bueno, dado que no está Pacho, nos toca tomarnos un brandy —dice Juana con una sonrisa, mientras de su maleta saca una botella que se ve llena y pesada. Por más que la fogata intente calentarnos, el viento frío del páramo se cuela a través de los agujeros de las paredes, nos mantiene callados. La única que habla es Juana—. Bueno, ahora que llegue quedamos completos e iniciamos la caminata a las bocas del volcán. Son apenas tres horas de camino, pero la marcha es dura, ¿no es cierto Dayrita? —termina, mientras sirve brandy en una copa que sacó de quién sabe dónde.

—Eso dicen —responde Dayra, asintiendo, y alarga la mano para recibir un trago que está rebosando, con unas gotas que alcanzan a saltar del borde.

Yo las escucho y su diálogo me parece acartonado, forzado, casi como si recitaran un guion. Todo lo que ha ocurrido desde antes de la llegada al lugar es una puesta en escena demasiado compleja para que sea real; involucraría el volcán, la neblina y este pastiche de cueva en el que nos congelamos. Ordeno las ideas, me pienso en el lugar y acudo a mi usual forma de trabajo, a la organización obsesiva de la programación, a los códigos que se siguen uno tras otro para lograr un objetivo, tener una función; para escribir código se debe tener un mapa mental general de qué se quiere hacer, un camino, la forma más clara posible como se llevará a cabo la acción. Me froto las manos cerca de la lumbre mientras reviso la historia completa de mi estancia en este lugar: encuentro que no hay inicio ni función, así que me centro en el camino, en el desarrollo de las acciones, en el futuro inmediato. La mejor forma de establecer un plan a seguir es tener un mapa del porvenir.

—Juana, contame bien, ¿cuál es el plan que tenemos de aquí en adelante? Hace un montón no salgo a caminatas y estoy pensando en el tiempo, acordate que tengo que estar esta noche con mi familia, me organizaron una cena de bienvenida... —intento parecer confiado, pero es claro que hay algo más en el fondo de mi pregunta; quiero explicaciones porque me siento incómodo, no entiendo qué hago en este lugar, tomando más alcohol y esperando a un tal Pacho; mi corazón empieza a hacerse notar, seguro que el latido se alcanza a ver por encima de la piel si se presta suficiente atención. Si las decisiones no me pertenecen, entonces es posible encontrar razones en las palabras de los otros, así que solo me queda seguir preguntando—. ¿Cómo es lo del ascenso a las bocas?

—Descenso —interrumpe Dayra—. Todo el mundo cree que uno asciende porque, desde abajo, uno sube a la montaña, pero en realidad uno desciende a las bocas. Hay un punto en que llegas al borde y tienes que empezar a bajar hacia adentro del volcán —termina, tomándose el brandy de un sorbo.

Cuando Dayra le devuelve la copa vacía a Juana, ella la vuelve a llenar para mí. Después, sin ocultar una sonrisa burlona y mirar de reojo a Dayra, que también sonríe, aunque más tímidamente, me pregunta hasta dónde recordaba de la noche anterior. Seguro ya habíamos hablado de esto, del ascenso, de los planes, del tiempo; seguro este presente existió en forma de boceto de futuro la noche anterior y ahora estoy aquí no como una eventualidad, sino como la realización de un plan que hicimos ayer y del cual apenas recuerdo partes.

De otra manera no me hubiera despertado hoy y no hubiera llegado de madrugada a la esquina donde tomamos café con panela; algunos rastros quedaban en mi mente, pero debía quitar la sombra densa que rodeaba ese momento de olvido, quería iluminar un fragmento de realidad. Respondo que hay cosas que sé y otras que son más bien bocetos de historias, mezclados con sueños; ella me propone que le cuente hasta donde me acuerdo para luego llenar mis vacíos de memoria. Dayra remata diciendo que tenemos tiempo, que en el páramo alto las cosas ocurren a otro ritmo.

Del día anterior tengo recuerdos lúcidos hasta un momento específico. Tengo claro haber recibido una llamada en la que Juana me decía que se había enterado por internet de mi llegada a la ciudad. Yo solía volar cada fin de año a visitar a mi mamá, que vive aún aquí, pero por razones siempre conectadas con eventualidades que a la larga resultaron ser intrascendentes (inconvenientes con el papeleo de viaje que cambiaba casi cada año y todos los conflictos que traía la existencia de esas nuevas fronteras departamentales que nadie podía comprender), dejé de hacerlo por cuatro años seguidos. Nunca vi un problema con eso: mi madre viajaba a la capital, donde vivo, y nunca dejé de verla al menos dos semanas al año. Sin embargo, ahora que volvía, notaba todas las otras cosas que me hacían falta de mi terruño: sentir el viento frío de final de año, escuchar el acento que arrastra las erres, la posibilidad de llegar a todas partes caminando, la vista del inmenso volcán a un lado de la ciudad y los viejos amigos con los que era posible encontrarse en los lugares menos esperados. Por eso no me asombró que, apenas dos días después de mi llegada, Juana llamara para invitarme a una fiesta; sí fue una sorpresa fue lo que dijo apenas abrió la puerta de su casa: quería saber qué estaba escribiendo. Si bien mi empleo se relaciona con la escritura de código y trabajo con entornos de depuración, siempre me ha llamado la atención la ficción narrativa. En medio de las tareas mecánicas con el código, hacía cuentos cortos que enviaba a una de las muchas revistas electrónicas que siempre estaban necesitando material para llenar sus páginas y que aceptaban cuentos sin mucha exigencia. Alguno de mis cuentos había llamado la atención de un editor que me había pedido un texto para una antología de ciencia ficción; a pesar de nunca haberme acercado a ese género, lo intenté y, al parecer, funcionó porque lo publicó en un tomo que tomó cierta relevancia en el mundo de las editoriales independientes. Compartí la buena noticia con mi familia y con amigos cercanos, pero rápidamente volví a mi trabajo y olvidé ese texto. Lo que no tuve en cuenta fue que, por alguna razón que siempre he relacionado con la forma volátil en que funcionan los algoritmos digitales, eso se convirtió en una noticia viral en la ciudad en la que había nacido y, ahora, en estas vacaciones, Juana no dudaba en recordármelo. No le respondí de inmediato; en realidad no quería saber nada sobre la escritura, así que solo me acerqué efusivamente, le di un abrazo fuerte y entré a una sala que, tal como esperaba, estaba llena.

Después de dar una vuelta por todo el espacio, me di cuenta de que en el lugar solo conocía a Juana, pero igual me sentí cómodo: el ambiente era festivo, la música hacía vibrar un poco las ventanas, había un aroma leve a comida y los abrazos aparecían en un ritmo de olas que se chocan con morros. Juana era reconocida por haber tenido hace unos años un grupo de música de relativo éxito local, por lo que la mayoría de sus amigos sabían tocar un instrumento, tenían conocimientos de danza o pintaban o estaban relacionados de alguna forma con proyectos de arte. En medio de las charlas con las personas, que se movían eléctricas por el espacio, solo recuerdo haber hablado con un director de cortometrajes de animación, un teatrero que había montado una versión local de *Otelo*, un par de fotógrafas y una productora a la que llamaban Angelita. Tuve conversaciones intrascendentes con todos ellos mientras tomaba algunas copas de chapil y me escondía de Juana y de su pregunta por mi escritura. Después de un par de tragos y algunos silencios incómodos, logró cazarme en la barra de la cocina; dijo que quería hablar conmigo, pensaba filmar un par de videos musicales de ciencia ficción y creía que yo podía ayudarle.

—Quiero comentarte una idea que quiero que hagamos los dos —dijo, mientras me pasaba otro trago de chapil—. ¡Para calentar la fantasía! —brindó.

Algo en mi memoria me sugiere que el argumento de su video era un poco fragmentado y lleno de los clichés clásicos de utopías mesiánicas y de ciborgs conectados a internet, pero no mucho más, porque con esa quinta copa de chapil que me acababa de dar, mis recuerdos empezaron a borrarse. Solo puedo contar claramente hasta ese momento, pues las otras imágenes se mezclan y mi historia deja de tener sentido; les nombro un par de escenas más, que solo produce una risa de burla en las dos. Desde ahí en adelante Juana comienza a hilar el resto de la noche sin un orden particular, solo nombrando los que ella considera son los momentos más importantes o las escenas en las que me vio hacer algo en medio de la multitud. Me cuenta que, a medida que la música iba aumentando, me puse a bailar con movimientos desesperados; desde un momento de la noche solo sonaron sayas y sanjuanitos (nada extraño considerando la música que solía tocar Juana, pienso), y que al escucharlos yo inventaba los pasos más absurdos; las personas se empezaron a alejar de mí dejándome solo en medio de la sala, algunos con algo de temor de que los golpeara, otros riéndose de la ridiculez que estaba haciendo. En otras palabras, ahora entiendo por qué mi mente había decidido reprimir esos recuerdos y me dejaba ahora con esas lagunas: eran más una forma de protegerme de mí mismo. Como pudieron, según le habían dicho a Juana, el teatrero, que se llamaba Oswaldo, y el director de cortometrajes me llevaron hasta un sillón donde sugirieron que mejor durmiera un momento, que descansara; dejaron preventivamente un balde al lado del sofá. Sin embargo, no me dormí; la productora, Angelita, le contó después a Juana que ella había preparado un café oscuro y amargo, y que se había acercado para ayudarme, pero cuando se sentó a mi lado me preguntó cómo estaba y, como respuesta, solo recibió llanto. En medio de las lágrimas, Angelita había logrado comprender que estaba así porque no había escrito nada más. Al parecer solo repetía: "no puedo escribir, no logro imaginar, se me rompió el lenguaje". Juana me vio cuando ya Angelita se sentía tan incómoda que estaba a punto de irse; se había acercado y, en medio de la borrachera, yo le había dicho que no confiara en mí, que no podía ayudarle con su video porque después de haber publicado ese cuento se me había secado la invención y ya no tenía ideas, o si las tenía, eran sosas; le había confesado que me pasaba horas enteras frente al computador jugando un programa viejo de solitario porque así se me habían ocurrido las ideas para los únicos cuentos que había publicado.

Juana me había acompañado el resto de la noche de manera intermitente; yo era el clásico borracho que quedaba tirado en la esquina de la fiesta sin que al final nadie le preste atención. En la ciudad había una palabra para esas personas: "teja", y ser teja era la mayor razón para que nadie te invitara de nuevo a nada. No le había dañado la fiesta a Juana, pero pasó el resto de la noche sentada a mi lado, viendo a Dayra que, me dice, estuvo bailando toda la noche. Al terminar esa parte de su narración es como si lanzara al aire una clave que desbloqueara un recuerdo escondido: un espectro aparece en mi mente como una ficción, como algo que pensé había soñado pero que ahora, con la descripción de Juana, se convierte en real.

—¡Eso sí alcanzo a recordarlo! —interrumpo, y volteo a ver a Dayra, que se queda paralizada al escuchar su nombre surgir en medio de la conversación. La señalo y le pregunto—: ¿Estuviste toda la noche en la fiesta? ¿Por qué no te vi sino hasta ese momento?

Dayra no responde, sigue escuchándonos en silencio; en su rostro se ve una pequeña satisfacción, como si al recordarla al fin yo empezara a darme cuenta de algo. Reconstruyo el momento: Juana y yo sentados en el sofá, lado a lado, como hipnotizados por el movimiento pendular de Dayra, que gira en medio de las parejas.

—Ahí fue cuando me preguntaste por qué brillaba el vestido de Dayra —dice Juana—. Me repetías si ella siempre se vestía así, con luz.

Ella sigue su relato y menciona a una banda llamada *Kaipimikanchi*, que empezó a tocar en medio de la fiesta con todos los músicos aullando como perros salvajes, pero ya no le estoy prestando atención, porque la escena que mencionó se vuelve una narración y encaja como la ficha de un rompecabezas que da sentido a la figura que arma.

Regreso a la imagen: Juana y yo sentados en el sofá, lado a lado, mientras Dayra, en medio de la sala, está bailando, dando giros que se repiten, continuos, sin parar. Tiene un pantalón de dril suelto y un saco de hilo rojo, nada diferente a lo que vestía la mayoría; sin embargo, basta un parpadeo para que la imagen cambie, para que el lugar se convierta en una cueva que curiosamente se asemeja al lugar al que habíamos llegado hoy, y las parejas desaparecen, dejando solamente a Dayra en medio del lugar. Ahora, en ese nuevo estado, producido quizá por el alcohol, ella está vestida con un traje lleno de detalles barrocos: lentejuelas, borlas de lana, bordados, chaquiras, mostacillas. A medida que baila, su vestido parece cobrar vida, como si la combinación de todo ese decorado fueran chispas, flores que abren al amanecer, se convierte en un dragón que tiembla al ritmo de los latidos de su corazón. Con cada giro, Dayra mueve los brazos para mantener el equilibrio y de su cuerpo entero sale música producida por unas pequeñas campanas que cuelgan desordenadamente en todo su ajuar. En un punto, los giros se intensifican tanto que ella se convierte en una nube de colores de la que salen despedidos haces de luz, como si una aureola de arcoíris ajedrezado alejara cualquier tipo de oscuridad que quisiera rodearla. Entonces llega un recuerdo menos confuso: Juana me saca de esa hipnosis prismática al tomar mi cabeza con sus manos y obligarme a verla directamente a su rostro, fija mi mirada en la suya mientras yo le pregunto una y otra vez: "¿Por qué brilla el vestido?, ¿por qué brilla el vestido?", y ella, escrutando el fondo de mis ojos, me responde: "estás desarticulado, es hora de llevarte de nuevo al volcán".

—... después de cuadrar lo de hoy, decidimos llevarte, tuvimos que cargarte de los hombros, igual estábamos cerca y ya no pasaba ningún taxi. —Yo ya no presto atención, pero Juana continua su historia de cómo me llevaron a la casa dando tumbos por la calle, apoyado en ellas—. Al final hasta resultó mejor, porque el ...

Juana interrumpe su historia con la llegada de alguien que, me imagino, es Pacho. Al inicio no logro identificar ningún rasgo de la silueta que está a contraluz en la entrada; a decir verdad, solo veo una superposición de luces y sombras que dan la sensación de que quien ha entrado es el paisaje. Es como si toda la escena se hubiera solarizado: los colores se invierten y lo que está a contraluz es un fondo enfocado, mientras aquello que se para bloqueando la entrada despide una luminosidad enceguecedora. Basta que esa sombra inversa se acerque unos pasos, atravesando el pasillo hasta llegar a la reunión alrededor de la lumbre, para que el efecto pase y el lugar se llene de una fosforescencia azul, propia del páramo.

—¡Pacho, velitico, qué alegría! Qué gusto vernos de nuevo —Juana se levanta con la botella aún en la mano y salta a abrazar al recién llegado.

—Juanita, como siempre, aquí a la orden. Hace ya tiempo que no nos vemos.

La sombra se convierte en un hombre joven, alto y flaco, aunque debajo de las capas de ruanas, sacos y telas se puede adivinar la contextura de alguien fuerte y atlético. Tiene las manos grandes y sucias, y el aspecto desgarbado de alguien que ha vivido tanto tiempo en un lugar que ya se mezcla con los materiales del paisaje. La barba desprolija y el pelo largo ayudan a darle un aspecto animal, como si estuviera en un lugar intermedio entre la calma de la naturaleza humana y la ferocidad vital del páramo. El tono de Pacho es lento y calmado, contrasta con la alegría exuberante de Juana; nos observa sentados al lado de la fogata improvisada y saluda con una sonrisa cálida a Dayra. Sus ojos se demoran un momento en el espacio que ocupo, imagino que me trata de identificar, pero en el fondo siento que su mirada me analiza por partes, como si yo estuviera construido de fragmentos que solo se unen gracias a la presencia de Pacho.

—Mucho gusto. Martín —me presento, alargando la mano y sintiendo que con la voz puedo volver a armarme de alguna forma, aunque la frase sale astillada, rasgada, como si al rearmarme las partes hubieran quedado en el lugar equivocado.

— Martín, bienvenido. Un gusto que estés aquí de nuevo.

Quiero responder, pero mis palabras se quedan en el vacío, a mitad de camino entre los pensamientos y la articulación. Quise decirle que seguro se equivocaba, que me estaba confundiendo con otra persona porque era la primera vez que estaba en la montaña, que yo nunca había subido (o bajado, me hubiera corregido Dayra) a las bocas del volcán. Ninguna de esas ideas se convierte en sonido, solo queda el aire azul que silba y el crujir de un par de ramas que se han consumido en el fuego. Vuelvo a sentir que estoy en el lugar equivocado mientras Pacho se mueve como si fuera parte de las paredes construidas con esa indescifrable amalgama de materiales. Es como si el espacio se hubiera completado, no porque antes le hubiera faltado algo, sino porque su presencia hace que cada uno de los objetos tenga sentido. Toma una de las ramas casi marchitas de la fogata, se acerca al centro de la cueva y con ella prende el fogón sobre el que pone una pequeña olla con agua; toma dos ramas más y las ubica en el cúmulo de piedras. De inmediato, destella una llama naranja, viva, que ilumina toda la habitación. Abre la puerta del armario y logro ver su interior: algunas camisas dobladas y un par de pantalones; la mitad del armario está ocupada por libros, cuadernos y papeles. Pacho empieza a mover los libros para dejarlos encima de la cama. Pareciera que la habitación es una pequeña máquina que estaba apagada hasta que él llega a apretar los botones precisos para que todo se active: el fuego crepita y produce sombras, el agua hierve en el fogón, el humo de la fogata se mueve como si bailara entre nosotros y sale por una pequeña abertura en el techo que apenas ahora noto. Incluso las paredes parecen florecer con su presencia.

—Juana, ¿me trajiste libros nuevos? —dice, mientras echa unas hojas aromáticas al agua que sigue hirviendo.

—En la maleta están algunos de la lista, no los conseguí todos. Traje unos diez, si quieres los puedes ir sacando y guardas los que ya has leído.

Pacho intercambia los libros de la cama por los libros de la maleta de Juana, que se vacía y se vuelve a llenar; después saca un cigarrillo armado de su bolsillo, se acerca al fogón para prenderlo y aspira fuerte. Se siente un olor dulzón que flota un rato largo en la habitación. Camina por la cueva repitiendo la acción de aspirar y botar el humo, asegurándose de que llegue a cada esquina y se impregne en los objetos y la ropa. Cuando termina de recorrer todo el espacio, da una última ojeada y en su cara se construye un gesto de satisfacción; es la actitud de alguien que ha logrado convertir el lugar donde se escondía la vida en una máquina andante; transmutó una cueva en casa al apretar botones secretos que solo él conocía. Es un sujeto productor de sonidos, de ruidos, un constructor de acciones, un reparador de existencia. Cuando sonríe con la complacencia de quien ve que todo lo que ha hecho es bueno, recorre otra vez el pasillo de entrada y atraviesa apenas el umbral de la puerta; su contorno, a contraluz, lanza el aire al cielo, dejando alrededor de sí una nube que seguramente tiene el mismo tufo a frailejón que dejó flotando en la cueva; con cada bocanada, la sombra pierde densidad y se vuelve levemente transparente. Afuera, los bordes de las montañas parecen ser diferentes, es como si el paisaje hubiera cambiado y ahora mostrara la aridez de la roca cortante. No sé cuánto tiempo ha pasado desde que entramos; una estasis nos había estancado y solo ahora, con la máquina en funcionamiento, el mundo se reactiva. La sombra transparente de Pacho sale a un nuevo mundo.

(1989)

Como en todo acto de origen, el primer componente de su existencia fue el dolor. Entendió que estaba viva porque algo que nunca había sentido empezó a molestar, a rascar, a lastimar. Nunca se pensó viva cuando soñaba; en los sueños tan solo se desplazaba entre planos que la recibían con la calidez que hervía en su centro y que le permitían comunicarse con sus semejantes por medio de ecos guturales.

En ese desdoblamiento sentía su cuerpo apartado, lejano, por fuera de ella, como una roca sólida que no pudiera elevarse, mientras seguía flotando entre el éter de sus sueños. Todo ese tiempo siguió dormida, aunque sería más preciso decir en ensoñación; habitaba un lugar ajeno y plácido. En el sueño, observaba extasiada las líneas de colores múltiples que se producían cuando hablaba con voces que le respondían y la reconocían como su semejante.

Las conversaciones con los otros no tenían fluidez o lógica consecutiva; transmitían conceptos que no se podían traducir en palabras y apenas lograban ser imágenes. Eran ideas deformes y volátiles, hechas de un material gaseoso como un humo que se mezcla con el aire, como un líquido viscoso y mercurial. Como líneas de colores.

Cuando recordaba que tenía un cuerpo, trataba de percatarse de que siguiera ahí. A veces se retorcía un poco, lo suficiente para saber que había algo que sostenía su ensueño. Otras veces, las menos, cambiaba de postura violentamente y se extendía un poco, para abarcar un espacio mayor. Se desperezaba en su incorporeidad. Todos sus movimientos eran apenas parpadeos que se producían en medio de la placidez en la que se regocijaba, entre los intersticios de su largo descanso, en la quietud de su serenidad.

Su cuerpo no le importaba, apenas le servía como anexo, como forma de corroborar su existencia.

Pero esta vez tenía una molestia enfática, un dolor insistente, minúsculo, diminuto; era casi imposible saber el lugar preciso desde donde se lanzaba esa corriente de energía que llegaba hasta un lugar profundo de algo que probablemente era su alma. A ese primer dolor siguió otro dolor de la misma intensidad, y después otro dolor, y uno más. Así empezó a percibir la existencia del tiempo, la presencia de una secuencia de acciones que configuraban un acto. Su mente comprendió la idea de causa y consecuencia, en su materia se insertó la Historia.

Así fue emergiendo del sueño en el que estaba hundida. Primero lentamente, como ascendiendo desde una densa profundidad acuática; después, con una aceleración brusca, su entrada al dolor la terminó de rasgar de ese mundo onírico. Temió no volver a entrar en él nunca más.

Ahora todo era cuerpo y materia. El dolor la abarcaba y le desollaba los fragmentos de ideas que había intercambiado en la ensoñación; en su lugar dejaba imitaciones mal formadas de nociones, palabras huecas que apenas lograban rozar lo que había vivido en sus sueños. Fue un alumbramiento de sombras. Se encontró huérfana y sola, apenas con un cuerpo por sostener y con un dolor incesante que insistía en fastidiarla en sus entrañas.

Se supo materia, se sintió piel. Cerró su percepción del mundo externo y comenzó a buscarse, quería hallar el punto exacto del dolor. Pensó que podía volver a habitar la ensoñación si lograba deshacerse de esa punción, aunque en el fondo sabía que no había posibilidad de retorno una vez se ha padecido el tiempo. En el divagar por sí misma, se descubrió inmensa y desbordada. Sus sentidos reptaron entre prominencias y hendiduras, se deslizaron con la humedad que la impregnaba en un mordisco de hielo impulsado por el aire frío. Se contrajo un poco al tocarse rugosa, con los poros abiertos por la excitación de ese descubrimiento que era su cuerpo. Era nueva para sí. Le fueron reveladas las grietas que la abrían hacia adentro, y la savia densa y lechosa que surgía desde su médula. Era un laberinto dúctil y cambiante, una explosión sin centro desde donde la agitación del afuera se filtraba para contenerla. Era el origen de ríos blandos y flotantes, de ígneas fuerzas intensas, de materia en combustión que la hacía estallar levemente. Y sobre todas esas nuevas emociones, el dolor no se escondía, buscaba caminos inhóspitos para aparecer como un domo de molestia que velaba cualquier otra evocación. Era un escozor impertinente que parecía moverse para encubrir cualquier otro pensamiento y tomar su lugar; era originario, primigenio.

Buscó entre los conceptos que compartía con sus hermanos una forma de entender el dolor, pero para ese momento todas sus ideas se habían convertido en lenguaje.

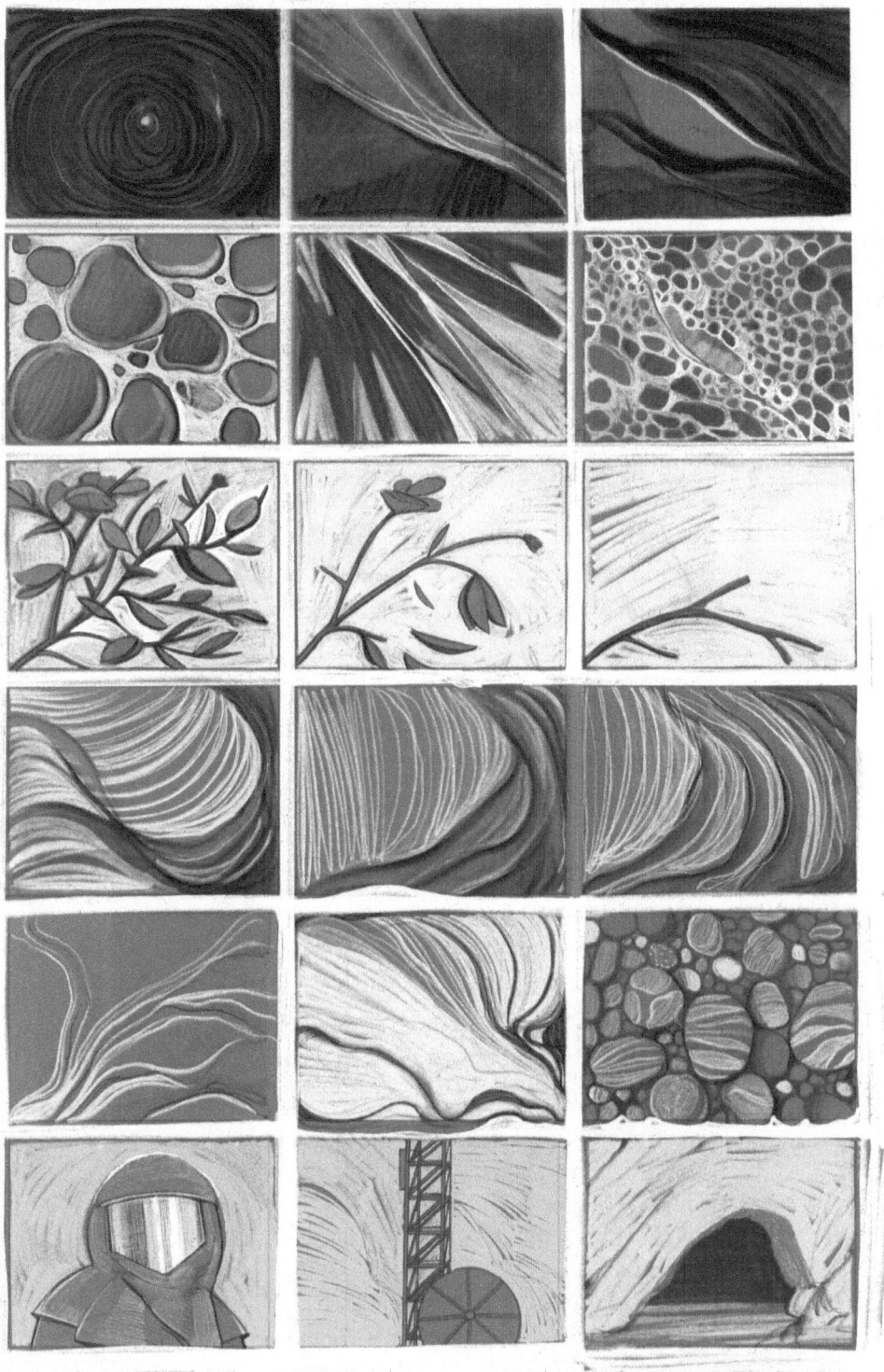

Cedió un poco. Soltó las últimas amarras que la mantenían unida a su eternidad deseada y aceptó desligarse de las líneas de colores de sus sueños. Entró en la cárcel de las palabras. Solo así pudo ubicar el lugar preciso desde donde se expandía el tormento. Fue así como, por primera vez, escuchó atentamente el exterior.

Al abrirse al afuera aparecieron sonidos que no entendía: telemetría, radiación, antenas, multiplexadores. El ruido tenía la forma de chispas aleatorias que brotaban desde pequeñas esferas de energía que se movían por su cuerpo. Contrario a las limpias y eternas líneas coloridas de la ensoñación, ese lenguaje era un chispazo que se trasladaba de una esfera a la otra; cada descarga producía una luz fatua que apenas duraba un par de segundos. Fueron esas entidades diminutas las que habían hecho algo, ellas habían causado el dolor que la recorría y la había alejado del éter.

Con un movimiento lento y sutil, rascó un poco en el nodo desde donde se expandía el dolor, pero solo vio una pequeña aguja que le habían clavado; la penetraba apenas en la superficie, amenazando con caerse en cualquier momento.

Tardó en darse cuenta, pero cuando comprendió lo que sucedía, entró en estado de pavor. No le habían horadado su piel, no habían vulnerado su manto exterior. Sí, le habían hundido una punta afilada, pero era solo un medio para inyectarle energía que la aguja absorbía del aire para después inocularla en su cuerpo. Una electricidad cargada de información, cifras, datos, palabras entraba en su cuerpo sin parar; la estaban llenando de lenguaje. El dolor era su respuesta congénita, reaccionaba a esa violación con un malestar que la había despertado y la había traído a este plano de realidad, ya alejado de la ensoñación.

Esa corriente le había permitido comprender que los destellos de las esferas eran palabras, que cada articulación del sonido saltaba para intentar alcanzar el mundo esencial del que ella había sido arrancada. Trató de olvidar cómo la hería la corriente eléctrica para concentrarse en las palabras, buscaba comprender la imagen a la que cada una de ellas aludía, pero su comprensión estaba acostumbrada a abrazar las nociones impalpables.

Además, estaba el dolor.

En medio del caos de ese mundo renovado al que acababa de entrar, pudo apresar algunas cáscaras luminosas y chispeantes que lanzaban al aire las esferas diminutas. Con cada palabra que lograba rasgar y craquelar para lamer su significado, se alejaba un poco más el recuerdo de las conversaciones con sus semejantes, se despedía de una eternidad imperturbable, se perdían los conceptos y aparecían los signos. A medida que tragaba los bocados de energía podía entender mejor el sufrimiento que sentía, y odió a las esferas por eso.

Las palabras empezaron a tener sentido. La aguja era una antena. Las esferas se llamaban a sí mismas humanos. A ella la nombraban a veces Urcunina, a veces Ninaurco, a veces Jenoy; siempre montaña, a veces: fuego. Sus grietas eran cráteres; su savia, magma; sus estremecimientos, temblores. Los humanos usaban complejas combinaciones de palabras para medirla, para conocerla, para horadarla. El lenguaje era una cuchilla que la rompía y la desgajaba para ser comprendida. Supo que estaba en una intervención agresiva en donde la abrían, la inyectaban, la partían.

Había sido traída a ese plano de existencia para su disección, para su muerte.

Se entregó al horror de la energía, pero no se dio por vencida. Empezó a alimentarse de las palabras que encontraba en el aire. De alguna forma, le servían como un paliativo para el dolor, le permitían ver la sombra de la información que le suministraban por medio de la antena, servían como herramienta para estructurar en una lógica coherente el caos y el desorden que le llegaban desde esos instrumentos. Se dio cuenta de que los humanos no tenían idea de lo que le hacían. Eran solo esferas de energía diminutas y frágiles que apenas podían comunicarse entre sí con formas primitivas de intercambio. Pero el mal ya había ocurrido. No podía culparlos. Eso no evitaba que los odiara. Habían clavado en su cuerpo una antena y ahora no había forma de volver a descansar.

Su digestión cambió con el mal de la información entrando sin cesar en su torrente de magma y agua. Dejó la quietud calma del sueño por la inestabilidad de la vigilia. Sus entrañas empezaron a reventar y a desbordarse, nuevas grietas la resquebrajaron, comenzó un lento proceso de descomposición que ella creía irreversible.

Intentó sacudirse las esferas del cuerpo, pero ellas continuaron rondándola. Extraían más información. Enviaban más datos. Empezaron a excavarla, a rasparle la piel, a hacer nuevos caminos. Eran pocos humanos, pero cada vez más ruido entraba por la antena. Mientras más reaccionaba a su presencia, más esferas aparecían en el borde de su ser y la recorrían. Llegaban de todas partes. Sus sentidos solo le permitían sentir su manifestación cuando atravesaban el borde de su existencia. No sabía qué había más allá de sí, excepto por los datos que le suministraba la antena y que le seguían doliendo en todo el cuerpo. Percibía cómo entraban a sus grietas, cómo los humanos construían diminutas estructuras sobre ella. Por medio de la antena, supo que sus intentos desesperados por quitárselos de encima fueron designados "reactivación", y que eso les había causado aún más curiosidad. No por eso dejó de removerse.

Con el tiempo, su vida en el mundo de la ensoñación se convirtió en un recuerdo borroso. Apenas creía que fuera cierto. Se acostumbró a la consistencia del dolor hasta casi normalizarlo. Así era ahora ser ella: un suplicio incesante. Una muerte innegable.

Se quedó inmóvil. Esperaba que la saturación de información que seguía desbordándola produjera en algún momento el olvido absoluto. Dejaría de recordar.

Antes de que desapareciera el último resquicio de ensoñación, algo en su interior explotó y abrió una nueva grieta. Los humanos lo llamaron el cráter "El Pinta". Sí, había algo que podía hacer. En sus manos tenía una última reacción, una posibilidad desesperada a pesar y a causa del dolor: se sumergiría en el lenguaje, entraría en él y lo masticaría con fuerza. Todo el ruido que lanzara la antena formaría parte de ella. Se convertiría en una máquina de sentido para contener a los humanos e insertarlos en esa fluidez de signos que tendría a su alcance. Les quitaría esa absurda pretensión del lenguaje para mostrarles el otro lado, aquello que en ella solo quedaba como fragmento casi olvidado: las líneas de colores, el humo volátil, el líquido mercurial. De esa forma, ella tampoco se permitiría olvidar.

Desde ese momento, empezaría su génesis como máquina humana, como máquina de lenguaje.

Cayó desde el éter del lenguaje hacia la materialidad del mundo para convertirse en máquina, para hacer girar los piñones de la realidad y transformar el mundo que la había desahuciado. Esa era ahora su naturaleza, su artificialidad, su cultura.

II. Ascenso

Juana sale a acompañar a Pacho en el vano de la puerta, le pide un par de caladas del cigarro y se queda hablando con él de algo que no logro escuchar. A pesar de que Juana y Pacho están afuera, el lugar sigue funcionando con la inercia restante del impulso dado por el motor que activó la vida. Con ambos afuera, solo quedamos adentro Dayra y yo. En medio de los ruidos casi mecánicos que convierten este lugar en una máquina cinética, es imposible no escuchar cómo la habitación se llena de silencios imperceptibles que se incuban entre las grietas y producen los crujidos de esos engranajes naturales. Ahora, prestando un poco de atención, entiendo que cada detalle minucioso suma un torrente de sonidos para crear un ambiente lleno de datos por descubrir: adentro cruje la fogata, hierve el agua, hasta las mismas partículas de polvo parecen producir un suave rasgado del aire mientras atraviesan los rayos de luz; afuera, seguramente las rocas chillan cuando las pisan, la ceniza deshilacha el tiempo y el viento se mezcla con el crepitar del cigarrillo que Pacho y Juana fuman en la entrada. Veo los sonidos mezclarse como haces de luz que, al unirse, forman un torbellino iridiscente atravesando el espacio. Y en ese remolino sónico, mi existencia es la de un canal muerto, ruido blanco que no se puede llenar; una anomalía que se interpone en medio de una dinámica fluida, como un río que se encuentra con una roca sólida y se ve obligado a desviarse. El encuentro entre lo líquido y lo monolítico. En lugar de integrarme en ese mundo de ondas me quedo clavado en el espacio, desarticulando una corriente que, al encontrarse conmigo, pierde fuerza, se minimiza y se restringe; siento cómo me atraviesa y, al hacerlo, me va moldeando a su forma, pero es un cambio mínimo, un desgaste imperceptible que tardaría años en mostrar un resultado. Parece más una especie de preparación, una puesta a prueba que apenas lija mis bordes afilados para que logre encajar en una brecha cuya forma no me corresponde. Decido arriesgar un nuevo acto para incluirme en ese espacio de fluidez evasivo que me desgasta y me repele al mismo tiempo, y sigo las olas fulgurantes hasta encontrar una desviación en la que parece suceder un fenómeno de fuerza gravitatoria. Mis ojos se clavan en los libros apretados dentro de la maleta y en los que ya fueron organizados en el mueble; en ellos hay algo que modifica la naturaleza del ambiente: una incógnita en el algoritmo de las corrientes.

—¿De qué son esos libros que trajo Juana? —le pregunto a Dayra. Mientras hablo, una corriente de color sale de mi boca y se integra al espacio que me separa de ella. Pienso que el sentido de mis palabras y la pureza del significado se diluyen en un solvente hecho de mundo. Ya no estoy seguro si Dayra entiende lo que le digo, o si a sus oídos ha llegado siquiera un poco de lo que quise preguntarle, como si las palabras que hubieran salido de mi boca fueran otras.

—Pacho le deja a Juana una lista de libros cada vez que sube, y ella se los trae para que él tenga algo que leer mientras está solo. No creo que haya otra forma para soportar el tiempo que está aquí. Le ha pedido de todo: filosofía, literatura, a veces botánica y neurología. Digamos... tiene un gusto bastante variado.

Es la primera oración larga que he compartido con Dayra desde que llegamos. Tiene una voz muy baja, habla casi en susurros, no debido a su timidez, sino a un acento particular de esta zona: una entonación que pareciera no querer ser más fuerte que la del trino de los pájaros cuando hablan entre sí. Al momento en que ella abre su boca para responder, veo cómo algunas hebras de sentido que habían salido de mi boca ingresan por la suya hasta entrar en su cuerpo. Ese pequeño movimiento del cúmulo de hilos y pensamientos me permite estar más tranquilo. Si las corrientes arcoíris me van puliendo lentamente, puedo restituir su acción lanzando fragmentos que a su vez modifican el espacio a mi alrededor.

Así, lentamente, con acciones de ida y vuelta, esa corriente de colores y sonidos que me rodea se va calmando, las ondas se desvanecen a medida que se alejan de mí y de Dayra, los picos y curvas se aplanan y pierden estridencia. Pero la calma dura muy poco. Como si hubiera lanzado una piedra sobre el mar de tranquilidad en el que estamos, Pacho lanza al suelo un par de cajas que ha traído de afuera. Con su llegada, no solo se vuelve a enlodar el torrente de calma, sino que la visión de los hilos desaparece por completo: ya no hay líneas, hilos, ni hebras que vuelen de un lugar a otro, no hay corrientes ni intercambios. En su lugar solo queda de nuevo un aire pesado, el espacio retorna y es uno que ahoga y presiona; la máquina se activa, esta vez para seguir con la digestión vegetal.

El aire vuelve a ser aire, la llama vuelve a ser llama. Los colores recuperan su color apagado y seco. Pacho deja de ser una sombra a contraluz y vuelve a ser un sujeto tangible y material que, mientras arregla todo para salir, silba el mismo mantra andino que escuché entonar durante todo el trayecto a Juana y a Dayra. Lo veo servir un poco de agua aromática caliente en un termo; arreglar el fogón y la fogata para que se extingan sus respectivas llamas, pero manteniendo la lumbre; guardar el termo con la bebida caliente y la botella de brandy de Juana en una maleta pequeña que después se echa a la espalda y, finalmente, invitarnos con un gesto de la mano a que salgamos, pues ya es hora de iniciar la marcha. Al observarlo, Dayra y yo nos levantamos al tiempo y nos dirigimos hacia el pasillo; lo obedecemos como si nos hubiera dado una orden. Ella pasa primero y yo la sigo, dejando atrás las visiones de mares y sonidos; salgo expulsado de esa absorción botánica de la que emerjo finalmente más claro y liviano, sintiéndome flotar en medio del humo que expulsó Pacho. Al moverme hacia la entrada, el vaciamiento me hace sentir como una cáscara, como un envoltorio que transforma mi cuerpo en un contenedor. Afuera entreveo las montañas: son extrañas, el paisaje no es el mismo. Siento, por un momento, que salgo a un espacio totalmente distinto al que entré.

Una vez se ha estado adentro, ver la casa de Pacho desde afuera es aún más extraño: ahora es claro que en su arquitectura existe el propósito de verla como algo híbrido, como si no hubiera sido construida, como si hubiera crecido desde el suelo. En medio del desierto rocoso que nos rodea, esa casa, que al mismo tiempo es una planta, también es un ancla de la cual me aferro para saber que en el mundo aún existe la presencia de lo humano. Su forma se acerca a la condición de lo vegetal, pero mantiene esquirlas de lo contrahecho, de la deformidad típica de lo humano.

La potencia de la montaña hace que todo parezca mínimo, casi una excepción a su absoluto; casa, Pacho, Dayra, Juana y yo somos solo un guijarro más en la vasta extensión gris que nos rodea. Todo intento cromático se pierde en el paisaje: basta que aparezca una leve bruma, para que se esconda el furioso verdor de las montañas y sea cambiado por un degradé de grises en el que nos deslizamos. Tan solo se mantiene el color de la casa de Pacho con su esplendor brillante. Me asusto un poco cuando llega el pensamiento intrusivo de que esa obra no fue construida así, sino que es el resultado de una intervención directa del volcán sobre sí mismo: un túnel que comunica dos mundos contrapuestos entre los que la cumbre funciona como pasaje. Tiemblo al imaginar que la montaña tiene una acción efectiva que realiza en su propio ser. Es claro que su individualidad está dada por un nombre y unos límites precisos que definimos, por una materialidad que piso en este momento, pero la posibilidad de hacerse, de modificarse y de construirse a sí misma es una idea que me aterra porque convierte a la montaña en un ser vivo, a las rocas en algo activo, y a mí en una forma menor de existencia. Ante esa construcción inverosímil, convertida en túnel vital, me debo obligar a pensar en otras formas de tiempo, unas en donde la vida del humano pasa sin ser percibida, donde es diminuta, imperceptible. Ante esa angustia vuelvo a mí, a mis tiempos y a mis formas de ver el mundo, me obligo a regresar al humano como eje y centro, como observador privilegiado del mundo. Imagino que ha sido un alguien, una persona, quien ha modificado la naturaleza del suelo o de la vegetación para que creciera esta especie de cueva botánica. Desde afuera se ve frágil y endeble, como si bastara un soplo fuerte para que se doble o se derrumbe; parece que solo cabe una persona, o máximo dos, pero por dentro se percibe fuerte y lo suficientemente grande como para que estuviéramos cómodas las cuatro personas que estábamos adentro. Me pregunto si no habrá un desnivel a la entrada de forma que la habitación esté construida en una especie de subterráneo no muy pronunciado; aunque, de ser así, sería notoria la inclinación del suelo, o tendría que haberme dado cuenta de que hay escaleras que descienden. La idea sale rápido de mi mente: los pequeños orificios que nos daban luz y hacían flotar el polvo estarían cerrados, la posibilidad de lo subterráneo se deshace en su misma formulación. ¿Para qué cavar un túnel? ¿Quién lo haría a esta altura? ¿Sería posible hacerlo en tierra volcánica? Dayra me saca de esas preguntas irresolubles, me toma del hombro y con un gesto me invita a seguir un sendero que se esconde al lado de la casa. Pacho y Juana ya están a unos metros, avanzando por un camino de grava apenas distinguible del resto de la arena volcánica y marcado por unas ramas de no más de cincuenta centímetros de alto, unidas por un cordel viejo y deshilachado. Caminar con Dayra me recuerda el momento en el que los hilos de colores brotaban de nuestras bocas al hablar, cuando uno de los que salió de mí entró en ella y se fundió en su trama; me propongo, entonces, tejer una red entre los dos, una urdimbre íntima que nos permita seguir hacia arriba, avanzar, llegar a algún punto desde el cual rearmar todo lo que está ocurriendo en este lugar; construir una lógica en la cual este sea el inicio de un porvenir. Decido construir con ella desde las palabras y las ideas, empezando por Pacho, el punto desde el cual se extinguió el fluir de los colores y que, ahora, puede ser el inicio de una nueva atmósfera mutua.

—¿Conoces desde hace mucho tiempo a Pacho?

—Hace unos años ya. Fue a partir de lo que pasó con las minas —me responde corto, con una voz delgada, como la que tuviera el pájaro del eucalipto si pudiera hablar.

—¿Las minas?, ¿había socavones en el volcán? No sabía que alguien estaba extrayendo minerales de la montaña.

—No, no me refiero a ese tipo de minas. Él es uno de los dos guardabosques del volcán. Esa fue una decisión que tomaron las autoridades en la época en la que aquí había un puesto militar: dos personas debían quedarse cuidando el volcán para que, quienes subieran en cualquier momento del año, no cayeran en una de las minas y terminaran en átomos volando. Pacho fue el primer guardabosques de este lado del volcán.

Lo que me cuenta no resuelve mi pregunta, pero entiendo que abre la puerta para saber mejor qué es lo que sucede a fondo. Iniciar el tejido mutuo de las ideas siempre es un acto complejo, requiere de pruebas de ensayo y error. Eso lo había aprendido con depuración de datos en la programación. Al inicio, los errores suelen ser más comunes y repetidos, suelen aparecer casi de manera natural dentro de los comandos; con el tiempo, casi por inercia, empiezan a desaparecer y, sin que haya habido una corrección que medie la escritura, al final son más espaciados. Es como si el orden natural de cada estructura cayera en el lugar apropiado por una lógica que nos supera y que no podemos entender ni evitar. Es una especie de entropía inversa; desde pequeños se nos ha inducido la idea del desgaste, pero ¿qué pasa si pensamos las estructuras en retrospectiva? Las cosas deben llegar a ser tal como están hechas en el presente. Lo que nos espera en el futuro inmediato es apenas otra forma estructural que no se corresponde con la de hoy, pero no por ello está errada, o es menor. Es solo que otro tipo de energía ha entrado en ella y la hace diferente, con otro tipo de finalización, pero terminada igual. Toda esta idea de entradas y salidas de energía no hace más que confirmarme que nada de lo que está ocurriendo en este volcán es gratuito o esporádico. Por ahora, sin embargo, solo quiero entrever el gran plan, el paisaje amplio que me permite entrar y fluir y saber. A veces, para corregir el tejido no es necesario reconstruir la puntada, basta con un cambio en la inclinación de la aguja para que la trama vuelva a armarse; quizá no mejor o peor, pero sí diferente. Inclino un poco mi cabeza hacia Dayra y le contesto con un gesto de silencio y complicidad. Ella me entiende, sonríe y retoma la explicación.

—Decidieron que habría guardabosques permanentes después de que, hace unos años, el ejército estuviera paranoico porque pasó lo del cerro Patascoy, y creyeron que la guerrilla iba a subir cerca de las bocas para dinamitar la torre de repetición.

Había escuchado lo del cerro de Patascoy: era parte de la historia de la región, pero había tenido incidencia en todo el país a causa de los secuestros. Cerca de Navidad (todo aquí siempre ocurre cerca de la Navidad Negra, pensé), un frente de la guerrilla atacó un puesto militar que custodiaba las antenas de comunicación del ejército. Subieron casi doscientos hombres listos para un enfrentamiento de horas, pero los treinta soldados que estaban en esa base, a más de cuatro mil metros de altura, no resistieron sino quince minutos. El Estado los había olvidado y solo les enviaba comida cada tanto, más por obligación burocrática que por una preocupación real. Los soldados que no murieron fueron tomados como rehenes y se convirtieron en fichas clave para un intento de intercambio humanitario; los cadáveres de los soldados muertos estuvieron en el páramo congelado más de once días antes de que los militares se interesaran por rescatarlos. Desde ese día, las estaciones de repetición, las antenas y los centros de comunicación en los picos más altos se volvieron lugares a los que se trasladó el conflicto. Recuerdo que en esa época soñé con las imágenes terribles que produjo ese hecho: treinta jóvenes casi congelados esperando comida, sus cadáveres pudriéndose lentamente durante once días, con parte de las entrañas humedeciendo el suelo rocoso de un cerro inhabitado. También pensaba en lo que significaba que la guerra se hubiera instalado en un espacio tan recóndito como ese; no solo era una forma de pensar en la violencia y la muerte como absolutas y omnipresentes, sino que redimensionaba lo absurdo de todo lo que estaba ocurriendo. Si un dios hubiera visto la puesta en escena de la guerra desde arriba, se hubiera encontrado menos de trescientas personas asesinándose mutuamente en un lugar casi desolado y seco, apartado de todo y todos; seres minúsculos que peleaban por el control de un espacio muerto en el que se alzaba una tecnología que dentro de poco sería caduca e inservible. Si para mí, que me encontraba en medio de la ciudad y con la tranquilidad de una falsa seguridad urbana, ese episodio me había quitado varias noches de sueño, no imaginaba lo que había significado para los otros soldados que cuidaban antenas, centros de comunicación o puntos de patrullaje en cimas de montañas, en cerros y en volcanes.

—Los soldados del volcán estaban asustados —sigue Dayra—, no sabían mucho más que lo que les llegaba como comunicados oficiales de sus superiores, de los cuales desconfiaban, o se alimentaban de las noticias que escuchaban por emisoras amarillistas de onda corta. Creían que lo que había pasado en Patascoy formaba parte de una nueva estrategia que se iba a repetir en todas las estaciones de comunicación, y ahí entró el bicho de la paranoia. Cuando los compañeros del distrito militar llegaron a dejar la comida del mes, les comentaron a los soldados en campo que un informe de la Fuerza Aérea advirtió que la toma se hubiera podido evitar si minaban el acceso a las torres. Esa idea se plantó en la mente de todos los soldados, incluyendo el teniente, y creció hasta volverse una necesidad. Deberías ver las entrevistas que les hicieron a algunos soldados después: aún tienen algo raro en los ojos cuando hablan.

Dayra le da una pausa a la historia y se detiene para tomar aire profundo. Ya empezamos a sentir el ahogo de la altura; caminar se hace, lenta pero continuamente, más difícil. Al frente nuestro, Juana y Pacho caminan como si estuvieran en un paseo dominical; no aflojan el paso, es como si nos arrastraran con su ritmo monótono. Me pregunto si ahora mismo no estarán repitiendo ese mantra andino para seguir la cadencia musical. Al igual que Dayra, respiro fuerte para llenar los pulmones hasta el fondo.

—Para no hacerlo tan largo —continua, con nuevo aire—, después de muchas semanas de pensarlo, decidieron hacer una misión sin el permiso de los mandos medios ni altos, y llenaron de minas antipersona no solo el terreno alrededor de la antena, sino también los caminos aledaños a su estación de vigilancia. Cuando volvieron, se reunieron para comparar los mapas de seguimiento de las minas y hacer un plano que les indicara por dónde podían transitar, pero al unir la información se dieron cuenta que nada coincidía.

Eran soldados que apenas estaban a punto de cumplir la mayoría de edad y a los que se había mandado al monte sin nada más que un par de meses de instrucciones en donde había más ejercicio físico y maltrato psicológico que educación. El curso sobre minas y topografía que les habían dictado en el batallón había sido lo suficientemente superficial como para que todos tuvieran mal los datos y hubieran marcado los puntos en lugares equivocados. Se desesperaron e intentaron unificar la información, pero no tardaron en darse cuenta de que lo único que habían hecho, en realidad, era aislarse del mundo. El asunto fue tan caótico que se comunicaron con el batallón para contar la situación en la que se encontraban, pero no podían subir por ellos, y tampoco podían enviar un helicóptero por los vientos; tampoco es que fuera fácil aterrizar con todo el asunto de las minas. La cosa se complicó aún más cuando se perdió la comunicación: el primer día usaron la red que ellos mismos protegían para coordinar el rescate, pero ya desde el segundo día, se cortó la transmisión. Tardaron más de una semana entera en sacarlos de ahí; no lograron rescatarlos a todos y los pocos que volvieron ya estaban con esa mirada que te digo se ve en las entrevistas. Alguien hizo un documental sobre eso. Creo que fue parte de un proyecto de la universidad, pero no sé si se conoció mucho.

—Pero el terreno ya está limpio ¿no? —La voz me sale más fina, empieza a parecerse al viento alrededor. Más que preguntarle por temor a caer en una de las minas, lo hago porque el tejido entre los dos va tomando fuerza. Ella lanza el contrahílo y yo devuelvo la urdimbre; ella comenta y yo entro en mi ejercicio activo de escucha; ella construye el relato y yo asiento, comento. Al final, atamos todo en un nudo y seguimos a la siguiente línea.

—No, no del todo. Esa es la razón por la que contrataron a los guardabosques. Verás, lo que pasó con los soldados en el momento fue un revuelo nacional, tema central de noticieros y portada de periódico; pero un par de semanas después todos se olvidaron de lo que había ocurrido. Seguro te imaginas lo que se demoraron en empezar el desminado. Además, esa no era una prioridad con los enfrentamientos diarios que había en esa época. Pacho me contó que los que llegaron a quitar las minas inicialmente se quedaban uno o máximo dos días por el clima, y después todo se reiniciaba con nuevas personas; además, el volcán tiene muchísimos minerales en la superficie, y eso hacía que el proceso fuera todavía más complicado. La verdad, nunca lograron completar el desminado. Hicieron lo que pudieron. Con ayuda de perros que entrenan para ese trabajo, marcaron un sendero. Por ahí es por donde vamos, por la marca que trazó el olfato los perros; el camino lo iniciaron desde un lugar que consideraban seguro, que es donde ahora está la casa de Pacho, y lo terminaron en la torre. Lo importante en ese momento era tener acceso a las antenas y a las torres para arreglarlas por si se dañaba algo. El caso es que luego de todo ese problema contrataron dos personas para que vigilaran y no dejaran subir a nadie a la cima del volcán por…

—Bajar —la interrumpo, con una risa burlona.

—No, subir. Se sube a la cima, se desciende a las bocas —sigue, con seriedad.

Le pido disculpas en un susurro. La broma no le hace gracia. Otro error por depurar; de nuevo, una trenza rota por mi culpa. Debía tener paciencia y siempre lanzar el hilo, insistir para no deshacer lo que habíamos logrado, seguir con mi tarea: la escucha activa. Un hilo suelto podía deshacer todo el tejido si se tiraba de él.

—Cada guardabosques se queda unos cinco o seis meses acá, solo. Después lo reemplaza otro guardabosques que se queda otro periodo de seis meses; así se van turnando. Siempre hay dos guardabosques: uno de este lado del volcán, y otro que está por el ascenso opuesto, una subida más sencilla.

—¿Turnos de seis meses? Eso es inhumano —apenas lo digo me contengo para no recalcar la absurda similitud entre lo inhumano y las minas antipersona de las que hablaba Dayra. En los dos casos, la acción apunta a estar en el lado opuesto a esa idea del individuo que desde siempre nos ha consumido por dentro; en un caso se quiere la aniquilación del alma y en el otro la destrucción del cuerpo. Siempre se busca consumir, destrozar, partir, desgajar, exterminar; el Otro como alguien cuya prueba de vida es una resistencia, una evidencia de que se puede seguir existiendo a pesar de todo. Pienso en los soldados de Patascoy, confinados a una subsistencia tan precaria que sentían que sus cuerpos y sus almas estaban en peligro. Creo que nosotros, como humanos, también caminamos a diario en un campo minado repleto de máquinas que están listas a rompernos; solo podemos confiar en un camino borroso marcado por señales difíciles de leer y en una especie de fe que nos hace sentir seguros de que nada ocurrirá si seguimos por ese lugar. Lo inhumano y la antipersona como forma de vida y como forma de muerte.

—Sí, yo sé que no es normal trabajar seis meses en un lugar así, pero es que en el volcán las cosas funcionan con otra lógica. Incluso el tiempo se siente de otra manera, ¿ya te fijaste que llevamos —Dayra mira al cielo como haciendo un cálculo astronómico— un poco menos de dos horas de camino? Aquí todo es tan fuera de lo común que, incluso, en una especie de trato tácito, del que nadie habla pero que todos conocen, a los guardabosques les dieron escopetas y tienen permitido disparar para asustar al que intente subir. En verdad, la idea es que el disparo se haga al aire, pero igual nadie haría preguntas si alguien llega al puesto de salud con una herida que se hizo mientras subía al volcán sin permiso. Además, hay un asunto con la relación entre el sonido y el volcán. Todos saben que si gritas o haces mucho ruido mientras subes, es inevitable que llueva. Algunos han querido dar una explicación meteorológica al asunto: el ruido golpea las nubes cargadas con agua de la selva húmeda, cosas así; pero todos saben que la lluvia es la manera en que el volcán responde cuando alguien lo molesta. El disparo sería como una especie de activador de la lluvia, que obligaría a devolverse a quien suba.

Si un grito o un disparo activan la lluvia, ¿qué puede llegar a hacer la detonación de una mina?, pienso.

—La tarea de los guardabosques es hacer rondas cada tanto para verificar si alguien sube. Además, tienen un radio pequeño por el que les informan desde los pueblos que quedan cerca si han visto a algún desconocido por ahí; no falta quien quiera saltarse todas las normas y subir porque sí. Yo a él lo conocí hace un par de años, Juana me trajo una de las veces que iniciaba su turno de seis meses. No sé muy bien dónde se conocieron, pero ella lo quiere mucho, le trae libros y cosas para que se distraiga, y se le haga más corta la permanencia cuando está solo aquí. Con la forma como ocurre el tiempo en el páramo, uno necesita muletas que ayuden a no caer en la locura.

Desde que iniciamos la caminata, Dayra habla más. Queda muy poco de la persona silenciosa que solo silbaba en la camioneta, de la mujer introspectiva en la casa de Pacho. La corriente que empieza a correr por su cuerpo al momento del movimiento se transforma en palabras, en historias, en datos con el poder de abstraerme: una vez han pasado por mis oídos y mi cerebro, se transforman de nuevo en energía cinética que me permite seguir el camino hacia la cima. La intensidad entre los dos, es transformada, modificada y moldeada para poder compartirla, es un nuevo estadio que ha superado el tejido mutuo y se convierte en corriente alterna compartida. La red de urdimbres y contrahílos, en su completitud, es ahora un sistema de retroalimentación. Al ajustar esta primera ancla se construye un circuito que me va conectando con el espacio. Es como la idea que tengo de las enredaderas: recuerdo haber visto una ilustración botánica que mostraba cómo ellas buscan un asidero que les permite su crecimiento a través de un fenómeno cuya palabra no pude olvidar: "tigmotropismo". Como si fueran trífidos ciegos, las hojas de las enredaderas giran sobre sí mismas hasta sentir algo que puede sostenerlas, pueden sujetarse de un tronco ajeno y, ya desde ese momento, empiezan a ser parte de él. Un contacto parasitario que les permite compartir una misma visión sobre aquello que las rodea, una comunidad de dos. Es igual con las personas: extendemos nuestras manos para buscar contacto con alguien con quien compartir el desborde de energía que tenemos a diario, no nos detenemos hasta hacer ese toque preciso que nos permitirá seguir creciendo, ahora con el otro. Es esa misma sensación la que siento ahora con Dayra, aunque la metáfora vegetal suene discordante en medio de este desierto rocoso. Y, al atarme a esa ancla, la comunidad de lo mutuo me permite sentirla y comprenderla cuando la veo: sus movimientos, sus gestos, el tono de su voz, sus palabras. Encuentro en ella una especie de revitalización que no había sentido antes, cuando estábamos en la casa de Pacho. Es como si, al caminar hacia la cima, algo le hubiera activado un impulso que no le había visto hasta este momento, o como si en medio del volcán pudiera ser la persona que siempre fue, pero que no se había permitido. Ella se convierte en el primer indicio de cómo se ensancha la red que, partiendo desde nosotros como puntos móviles que se acercan al cráter, empieza a expandirse hacia el paisaje.

No dejo de prestarle atención. Me cuido en retener dentro de mí cada uno de los detalles de cómo se expresa y cómo me cuenta las cosas que han ocurrido con el volcán, con Pacho, con la guerra, con las personas que viven en las faldas de la montaña; todo aquello que la rodea y que, imagino, la ha convertido en lo que ahora es. Me dice que no conoce al otro guardabosques, el que tiene su casa al otro lado del volcán, por la subida que es más sencilla y que tiene un camino demarcado. Todo lo que sabe se lo han contado Juana y Pacho, hay muchísimas cosas que desconoce, como el tiempo que se demora cada turno, quién construyó las casas, si hay un diálogo con una autoridad; incluso me dice que duda mucho de que los guardabosques sean pagados por una institución del gobierno o que tengan un contrato legal. Al parecer, todo lo que rodea a los guardabosques forma parte de una historia que se fue alimentando a sí misma y que terminó por convertirse en real sin que nadie se diera cuenta; es el poder de cierto tipo de historias que parecen autoconstruirse y que esconden su germen cuando se lo busca en la Historia misma. Si, en algunos años, alguien busca noticias o informes de la vida de los guardabosques, seguramente no encontrará nada; la vida de Pacho se habrá convertido en un rumor o quizá se habrá vuelto una especie de monstruo primitivo con el que asustarán a los que quieran escalar la montaña. Le digo a Dayra que quizá es esa misma anormalidad la que explica que les hayan dado armas para disparar a las nubes cargadas de agua y que todo suene más parecido a una historia de terror rural que a un plan coherente con lo que pasa cotidianamente en las faldas del volcán. Ella me aclara que solo sube cuando Juana la invita porque quiere visitar a Pacho, y que puedo poner dudas sobre cualquier cosa que me esté contando, que igual ella solo está ayudando a Juana a recolectar plantas aromáticas para sembrar en la parte alta del volcán y ver qué se puede hacer con ellas. Desde hace mucho piensa hacer una especie de herbolario de yerbas volcánicas para entender mejor cómo crecen y qué producen; una colección diferente a las que solo tienen limoncillo, cidrón y yerbabuena. En eso Pacho la ha ayudado mucho. Me comenta que más adelante puedo preguntar lo que él opina de la maleza, que es una buena charla, me asegura; es como si supiera que esa conversación se dará inevitablemente, o como si estuviera parada en el borde del tiempo y eso le permitiera saber la totalidad de la historia. Habla con una especie de conciencia de lo causal que al mismo tiempo me asusta y me fascina.

 Después me cuenta que el chofer del carro en el que llegamos es un viejo conocido de Juana; desde hace mucho tiene la tarea subir para dejar un pequeño mercado con comida, junto a los utensilios mínimos que Pacho pide cada dos o tres meses. Al inicio, me dice, se quedaba un par de horas para charlar y tomar un café, pero con el tiempo empezó a reducir su estadía en la montaña hasta que al final se volvió alguien completamente funcional: subía a la montaña, dejaba las cajas en la vera del camino y se devolvía sin decir una sola palabra al guardabosques. No tenía idea si habían peleado o si hubo otra cosa que cortó sus encuentros; tampoco sabía quién pagaba el mercado ni por qué siempre era la misma persona la encargada de surtir la cabaña. Alguna vez Dayra había intentado hablar con él, de saber lo que había ocurrido para que ya no se quedara por el café, pero solo había recibido un largo silencio que la disuadió de tratar de hacerlo de nuevo. Concluyó diciendo que seguro Juana tenía más datos de lo que había pasado entre ellos dos, podía preguntarle a ella; había una especie de complicidad mutua entre el chofer y Juana, ella era la única que sabía de los viajes para la entrega de la encomienda, pues el chofer siempre se comunicaba con ella un par de días antes de subir a la montaña por si quería visitar a Pacho.

Dayra toma un poco del agua aromática que Pacho había guardado en su maleta y respira hondo. La presión a esa altura ya afecta mucho más nuestra caminata; incluso el paso de Juana y Pacho se empieza a hacer corto y es obvio que para todos es difícil llenar de aire los pulmones. Con el tejido de palabras ya armado y tendido entre los dos, y con las pequeñas raicillas que comenzaban a enterrarse en el suelo, podíamos permitirnos un pequeño momento de silencio, seguros de que no se romperá la conexión que se ha creado entre los dos. Dayra me ofrece un poco de agua y, mientras la tomo, pienso en lo que ella me contó del chofer: si el chofer solo sube una vez cada dos o tres meses, eso significa no solo que este viaje ya estaba planeado desde hace días, sino que el descenso a la ciudad está en un limbo que ahora me parece preocupante. Debo estar esta noche en casa, en una cena familiar que organizaron por mi viaje; de nuevo me veo desde una toma aérea, caminando en medio de esta mole de tierra y piedras, y me preocupa saberme lejos de todo, sin la ayuda de mi familia, de mis redes, de mi vida. Ahora entiendo la charla de Juana y el chofer apenas llegamos, sus gestos me parecen más cercanos a los de una larga despedida que a los de un trato para que regrese a las pocas horas. Estoy atrapado, lo sé. No es un paseo que surge en medio de la fiesta, es una trampa en la que caí. Me veo las manos cubiertas por guantes y todo empieza a volverse borroso. Es como si no me pertenecieran. Como si la lana empezara a invadir mi piel y entrara por el torrente sanguíneo. La naturaleza se empieza a introducir en mis venas. El pasado cercano se convierte en una serie de acciones que no logro recordar y ahora me parecen artificiosas; la realidad de que estoy aquí, caminando en grupo, se sobrepone a cualquier clase de recuerdo. Todo lo que me contó Juana de la fiesta es más una historia que una verdad, como si ese recuerdo se me hubiera impostado, se me hubiera narrado para que lo creyera. Hay demasiadas lagunas como para construir bien el lazo narrativo que me llevó a este momento. Recuerdo (¿o fue algo que me contó Juana?) estar parado en esa esquina donde vendían café en agua de panela, viendo el amanecer; pero ¿cómo llegué hasta ahí? Antes de eso, me apoyo en Dayra para llegar a casa, antes de eso el baile de las luces, pero entre esos momentos: nada. ¿En qué momento me insertaron la idea de subir al volcán?, ¿cómo acepté?, ¿cuándo llegué a esa esquina? Las zonas grises de mi memoria están cubiertas por el presente inmediato, por la acción del hoy. Desde que bajé del carro, es como si sufriera de una hiperatención en las acciones que no me permiten pensar en otra cosa que no sea lo que hago desde esta mañana. Son pensamientos tan potentes que velan un pasado que, cada vez más, es una historia que escucho y me cuentan; cada vez menos una línea de acontecimientos que me hacen quien soy.

Pienso en todo lo que me ha dicho Dayra. Ahora, al retomar estas últimas horas juntos, me doy cuenta de que es como si ella me hubiera contado un guion construido, una historia llena de datos y referencias que saca de lugares extraños pero que dice como si fueran absolutamente normales. Hasta ahora no me ha hablado sobre su vida, su historia, su pasado. Ella sigue siendo un misterio para mí. Siento como si el largo silencio me hubiera presionado contra una desconfianza casi paranoica, una sospecha que me encierra en un laberinto del que solo puedo escuchar siguiendo su voz. Por un momento, me deja de importar que lo que me cuenta sea un mapa de historias que ella recita, que todo esté preconcebido y planeado; si nada de lo que sucede es fortuito, entonces solo espero que mi salida de este estado también forme parte del plan. Quiero seguir escuchándola, preguntarle por su vida, saber más de ella, pero apenas encuentro la fuerza necesaria para preguntarle detalles de su cotidianidad, que hacen que vuelva al mutismo de antes. Me doy cuenta de que no va a responder nada que se salga de esa historia armada en la que relacionaba el volcán, las noticias y la historia del país, cuando aún era otro país. No voy a saber absolutamente nada sobre ella; no sale de mi cabeza la escena del baile de luces, de los colores y la fiesta, pero cuando lo menciono, ella sigue su camino, en silencio, como si no me hubiera escuchado. La tela que hemos tejido juntos está ahí, aún se tiende entre nosotros, pero es apenas un velo que se puede romper con un soplo fuerte. Ahora, con el contraste de haber escuchado sus palabras, el silencio que me ofrece se hace aún más cortante. Solo queda lugar para el sonido del viento que silba al atravesar el musgo.

(1993)

A veces volvía a pensar en los humanos como si fueran esferas que se comunicaban por medio de chispas de energía; era un permiso que se daba, una broma interna que le recordaba cómo había iniciado todo. Formaba parte de sus estrategias para no perder el horizonte, para tener claro el punto de llegada, por qué hacía todo eso.

Llevaba mucho tiempo tratando de entender las esferas, conociendo su historia por medio de los dolorosos datos que seguían drenándose por su sistema magmático. Con el paso del tiempo había aprendido a jerarquizar, a desechar por medio de escapes constantes de lava la información irrelevante o repetida, y a cuidar en su manto la que le parecía más útil. Intuía que detrás del torrente de cifras, palabras y conceptos había un orden que se imponía, e intentaba replicarlo. Aunque primero debía entenderlo.

Al principio la cantidad de información la había dejado exhausta, confundida y en estado de parálisis. Cuando empezó a entender que el ritmo, las cadencias y las repeticiones se producían en la antena con cierta temporalidad, en su cabeza empezó a tomar forma una estructura implícita que siempre había estado ahí.

Buscó formas para acceder a los datos e interconectarlos. Supo que su tarea no se podría cumplir si solo se dedicaba a acapararlos o si se enfrascaba en sumar o acumular; no, tenía que construir relaciones entre ella y los elementos que le eran inyectados desde la antena. Pero las conexiones no eran fáciles: en su clasificación les podía atribuir vínculos que podían ser falsos, pues parecían encajar con ella, aunque eso fuera apenas una coincidencia; en otros casos, descubría que la potencia de los nexos variaba: podían ser débiles o fuertes según la forma en que los observara. También estaba la posibilidad de que fueran múltiples o compuestos. No le servía simplemente ubicar los datos uno tras otro, del más profundo al más superficial, del más grande al más pequeño, del más abstracto al más práctico; tenía que idear una forma de complejizar el sistema, trastornar el proceso.

Cuando ya llevaba más de tres años en tiempo de las esferas estudiando, ideando, imaginando, probando, algo hizo clic en su interior. Le clavaron unas pequeñas antenas adicionales cerca de la primera, pero esta vez no le suministraban datos del mundo exterior, sino datos sobre ella misma. Por medio de esas nuevas antenas supo que la forma en que la antena inicial la había modificado había llamado la atención de otras esferas. Llevaron máquinas y más máquinas que empezaron a extraer información de sus movimientos, de su esencia, del magma que la recorría, de las rocas que expulsaba, del aire que expelía. Se convirtió en el nodo de un proceso de entrada y salida. Y en medio de esa dinámica supo que, para los humanos, ella no era más que una cifra. Esa imagen de espejo deformado la inmovilizó; el terror de verse como la vería una esfera abrió su perspectiva y la descompuso.

Usó esa parálisis para comprenderse mejor. Se vio a sí misma prestando atención a cada una de las partes que la armaban. Al recorrerse de nuevo, ya no se concibió solamente inmensa y desbordada, como cuando descubrió su cuerpo. Era mucho más. A veces dejaba que pasara el fulgor de la luz y el recrudecimiento de la oscuridad para darle la bienvenida al calor brillante y a la densidad de la neblina, sin forzar un solo pensamiento propio. Se dedicaba a experimentar. Volvía a hurgarse con sus sentidos reptadores e intrusivos, encontraba casi excesivas sus grietas y salientes. Se palpó con la lentitud del calor que explotaba en densas burbujas infladas hasta su límite, se encogió hasta cristalizarse y ser de nuevo viscosa. Se resbaló contra ella, se rozó entre rocas coloidales que se solidificaban de nuevo para dejarse fundir. Y en medio de esa exploración pétrea, vio que su totalidad era una suma de partes que se relacionaban entre sí. El vínculo entre ellas era aleatorio e incierto. Sabía dónde habitaba una pequeña roca o en qué lugar empezaba a crecer un nuevo brazo de fuego líquido, pero no tenía el poder consciente de transformarse. Solo era, solo se dejaba ser. Y en ese caos que la moldeaba, comprendió que su materia actuaba igual a como lo hacía la información, en jerarquías fractales que relacionaban el todo y las partes. Sin embargo, su cuerpo aún le era distante, no podía tratarlo de la misma manera que lo hacía con los datos. Debía tomar una decisión radical.

Empezó a usar su cuerpo como contenedor.

En fragmentos de lapilli ubicó las sensaciones más leves e inaprensibles, como las metáforas místicas; en rocas metamórficas, los conceptos que con el tiempo se convertían opuestos de sí mismos; en bombas magmáticas, lo memorable y lo vergonzoso. Analizó la densidad de ideas y de nociones, y las distribuyó cuidadosamente entre rocas, tefras, ceniza, piroclastos, restos de azufre, cabellos de pele y aire ígneo comprimido. Y, ya imbuidos de significado, sus componentes se empezaron a mover y a comunicarse entre sí. Se inició su existencia como máquina de sentido autónomo.

Como no podía ser de otra forma, la dinámica en su interior se dio de manera orgánica. No entendía si, al tener la misma información que los humanos, sus estructuras se terminaban por parecer, si los estaba imitando o si ellos copiaban la naturaleza a la que pertenecía. Cualquiera haya sido la lógica detrás del engranaje que se movía en su interior, en sus entrañas se templó un espejo de lo que ocurría afuera, en el mundo ajeno que le mostraban los datos.

Leyó su caos interno. Pudo, al fin, drenar meticulosamente el ruido inservible por medio de expulsiones periódicas de material basáltico. De vez en cuando, las esferas que la habitaban se acercaban a sus grietas, a sus cráteres. Sabía que estaban extasiados por la forma como había decidido drenarse, pues ellos encontraban en esos rastros de lo desechado parte de lo que creían era su corazón. No sabían que lo que veían era apenas un fragmento borroso de lo que realmente era ella: el deseo incontrolable de digerir, la obsesión por fundirse con un humano en su interior.

Pero para lograr vincularse con los humanos, no bastaba con soltar los lazos de la ensoñación: debía enraizarse en su propia sustancia. Saberse piedra. Percibirse como flujo de energía. Ser como ella los veía. Llegaría el momento en que no bastaría con lamer, masticar y tragar su lenguaje, sería necesario desplazarse hacia ellos, convertirse en una de las esferas y crear por sí misma esas chispas de energía.

No bastaba con digerir sus palabras y sus datos; debía contener a una de las esferas en su interior a manera de alma que la guiara en el camino del autoconocimiento. Deseaba acunarla en su vientre, que explotaba por el deseo de proliferación. Quizá la forma de explicarse a sí misma ese apetito incomprensible de vitalidad interna fue con la lógica del lenguaje y la información, pero ese impulso de reproducción siempre había estado, era algo innato. No solo ardía en fantasías de atesorar a uno de los humanos en su corazón: buscaba estudiarlo, saberlo, tragarlo y lamerlo hasta en sus más diminutas fracciones. Soñaba con engullirlo y regurgitarlo cuantas veces fueran necesarias para dividirlo y unirlo en todas las variantes posibles en las que pudiera ser armado. Consumirlo. Comprimir su piel y envolver sus órganos con cabello y dientes; hacer circular la sangre por los pulmones y los intestinos mientras los ojos ven cómo las uñas crecen eternamente hacia adentro de los huesos. Introducir la cabeza entre los músculos de sus brazos y sus piernas para después cubrirlo con la grasa y el sudor que goteara de la masa de carne. Intercambiar el excremento con sangre, el agua con flema. Lograr que el afuera y el adentro dejen de ser bordes de lo corporal y permitir que lo humano se mezcle con ella en una amalgama de jugos y miembros. Repartir las extremidades entre sus grietas y dejar que los órganos se pudran lentamente hasta convertirse en parte de ella. Experimentar cómo la descomposición avanza como una enfermedad que se filtra por las piedras, la tierra y el magma. Purificar la carne a través del tamiz de sus capas y desmembrar al humano hasta volverlo azufre volátil.

La potencia en su interior la impulsaba a convertirse en creadora, en fundadora. El deseo de la posesión de un cuerpo externo había desplegado en ella una de las particularidades de la materia: el ansia de duplicarse. Desdoblarse en otra esencia que la repitiera.

Ingerir un humano significaba, al menos, en ese instante, convertirse en él.

Sin embargo, no deseaba entregarse por completo. No quería dejar de ser ella. Todavía conservaba la casi inexistente esperanza de regresar al mundo de la ensoñación, de volver al estado letárgico del sueño profundo y vagar en medio de los conceptos puros y las conversaciones hechas con hilos de colores que tejía con sus semejantes. Por eso necesitaba otro cuerpo. Uno externo en el cual pudiera montar toda la energía creadora que la inundaba. Eso le permitiría dejar el suyo, monolítico, como el lugar desde donde impulsarse para regresar al ensueño.

Esperó, hasta que encontró su oportunidad cuando un grupo de esferas muy brillantes empezaron a recorrerla camino a su cráter superior, a la grieta desde la que realizaba más a menudo su proceso de drenaje. Ya las había detallado rodeando las antenas nuevas, dando vueltas alrededor de la mayor. Hacían un intercambio constante de palabras que percibía como chispas brillantes; después de tantos años detallando las formas vacías de significado, pudo distinguir que siempre hablaban de ella. La comentaban, la transformaban en esa energía que ahora también era. Le permitieron verse al fin como información. Eran ideales para vivir en su vientre, para ser arrullados por su canto de lava y ceniza.

Cuando llegaran a la cima podría recibirlos en sus entrañas ardientes.

Bastó que estuvieran al borde de su grieta para que el control que se preciaba tener se convirtiera en un furor de violencia y excitación. No le importó perder datos que resguardaba en su manto, solamente pensaba en esos cuerpos de placer que se equilibraban en su borde. Le bastó moverse un poco, agitar y reaccionar, para que una de las esferas girara en rotación de su propio eje y se deleitara en el vacío hirviente que ella le ofrecía como posibilidad de redención.

Las esferas le habían puesto las antenas y la habían traído a este mundo de materia: debían pagar con su vitalidad por sus acciones. Recordó su odio antiguo por los humanos y supo que no sería suficiente con engullir solo a uno. Probó un poco de la sustancia cian de los humanos, e intuyó que no se saciaría nunca. Estaba famélica y no lo sabía.

Se movió y se deslizó. Se agitó. Desperdigó gases y rocas, ceniza y azufre. Debía hacer que otros más cayeran dentro.

Consumió a seis.

Se extasió en el placer de la digestión de esa primera esfera. La trasladó por canales, túneles y ríos. La conservó sin desmembrarla lo más que pudo. Guardó los otros cinco cuerpos inertes para sí. Ya tendría tiempo para ellos. Serían su material de estudio, su forma de convertirse en humana, su camino de conocimiento hacia la trasformación.

Lamió su presa. Cada prueba le transmitía más información de la que le había inoculado la antena desde que llegó al mundo de la materia. Llegar hasta la profundidad de sus células y sus genes le producía un gozo que se encarnaba y se reproducía en cada tefra.

Se dio el regalo de disfrutar al primero sin que una intención de comprensión cubriera su acceso al placer. Se lo debía. Al fin y al cabo, ellos la tenían en esta situación.

Los otros cinco se convirtieron en su objeto de estudio, en la forma como podría acceder a ese mundo que la interpelaba.

No haría un injerto necrótico para habitar. Debía estudiarlos y replicarlos, construir un ser a su altura. Un humano en el cual ubicar un fragmento de su ser y entrar en el espacio de los otros.

Tenía mucho trabajo por delante. Lo mejor era iniciar lo más pronto posible.

III. Estación

Pacho y Juana siguen unos cuantos pasos delante de nosotros. Ellos también hacen silencio, dirigen una fila de cuatro caminantes que solo devela su existencia por el ruido que hacen los zapatos al pisar las piedrillas; seguimos la ruta recta e inclinada entre las guías de palos y cuerdas que lo enmarcan a cada lado. En medio de la presión incómoda que causa ese mutismo, la historia que me ha contado Dayra sigue engendrando imágenes y escenas que tienen como escenario el paisaje. Uso mi tiempo en divagaciones que me ayudan a que todo pase más rápido. Imagino a Pacho durante cinco o seis meses en este lugar: ¿qué hace?, ¿cómo pasa cada temporada? Ahora entiendo por qué mi primera impresión fue que se había mimetizado con el paisaje; lo veo en mi mente construyendo su casa rama a rama, yuxtaponiendo capas de barro que solidifican y producen esa mezcla incomprensible de objetos y naturaleza; lo veo sentado en sus tobillos, concentrado, meditando en los rincones de esa cueva extraña; lo imagino reconociendo cada curva del camino hacia las torres de comunicación, un sendero que seguro recorre todos los días, examinando con curiosidad cualquier cambio apenas notorio para alguien externo: una rama rota, un cúmulo de piedrecillas fuera del camino, un olor diferente al azufre que lo abarca todo. Después, como si fuera un enigma invertido, no puedo imaginarlo en otro lugar que no sea el volcán. ¿Qué hace alguien que pasa cinco o seis meses sin contacto humano cuando vuelve a la sociedad? En mi mente, Pacho vuelve al pueblo que queda en las faldas de la montaña, o a la ciudad más abajo, y se sueña recorriendo las curvas del camino, buscando una señal que le advierta que no está solo, que alguien más ha hecho caso omiso a las historias de rifles y minas, y ha decidido aventurarse a subir (a bajar) a las bocas, para darle una corta distracción al ermitaño guardabosques de la casa del páramo. Llego a la conclusión de que Pacho, al subir por primera vez, había entrado a una trampa para la que él mismo se había ofrecido; desde ese momento sufriría estando en la más profunda soledad paramera, y también lo haría al bajar a la ciudad y encontrarse al volcán en sus sueños. Lo más seguro, pienso, es que el otro guardabosques, el que está en la cara occidental de la montaña, también sea Pacho, y que solo cambie de conocidos, caminos y rutinas, pero que nunca sale de un volcán que se ha convertido para él en una prisión a cielo abierto.

El silencio del camino se corta con un sonido que varía el recurrente crepitar de los zapatos sobre las rocas y se acerca al siseo de una serpiente. A medida que la subida se hace más empinada, las distancias entre nosotros se van acortando; ya estamos tan cerca que logramos ver el vaho mutuo. El crujido de la tierra se transmuta en aire, el ambiente seco se convierte en la resbaladiza humedad de las palabras de Juana que nos llama desde arriba, desde el inicio de la fila. Dejo que mi mirada leve anclas del suelo rocoso y subo los ojos por primera vez en un buen tiempo; al hacerlo, veo a

Juana que se acerca para pasarnos una botella de brandy, que ya va por la mitad. La recibo como si se tratara de una salvación y tomo directamente del pico un sorbo corto que resucita las sensaciones de mareo y confusión de la noche anterior. Espero que el ardor que baja por la garganta me sirva para paliar el frío intenso del ambiente, pero no me da la más mínima sensación de calor. Nos pasamos la botella de brandy entre todos y, cuando Juana repite un segundo trago, Dayra señala a la distancia. A unos cuantos metros puedo ver, a través de la neblina que ha conquistado todo el espacio, una construcción que parece el cadáver de algo que alguna vez tuvo una función, una ruina.

—Llegamos a estación de vigilancia, ¡salud! —brinda Juana.

Desde lejos, los despojos aún muestran paredes que conservan un blanco desgastado que casi llega a un amarillo seco, como el que queda en el papel cuando lo atraviesa el tiempo o el sol. En varios lugares se pueden vislumbrar las marcas de golpes y rayones que le dan el aspecto de una pintura natural inconclusa; además, su consistencia parece más dura de lo normal, pareciera que el viento frío hubiera curtido los ladrillos y el cemento hasta volverlos impenetrables.

El punto de foco de todos cambia. Pasamos de estar pendientes de cada paso y cada avance a tener un límite en la mira, un horizonte posible al cual llegar. Nos unimos un poco más, comprendo que debemos estar juntos para enfrentar un monstruo antiguo que se materializa en esa construcción anormal y deforme. Pacho, que guía la comitiva, se detiene; el resto lo imita, tal como lo hicimos cuando salimos de su casa. Nos observamos, confundidos: algo en el ambiente se siente más denso de lo normal, una sombra de inquietud se asienta sobre nuestros hombros y nos obliga a pensar más lento Dudo de cuál será mi siguiente acción. Algo en mi interior me dice que salga a correr, que dé media vuelta y me aleje de ese lugar, pero mi cuerpo, adolorido por el cansancio y endurecido por el frío, se niega a seguir ese consejo. El único que se mueve es Pacho, que abre su morral lentamente y saca una cajetilla de madera llena con los cigarrillos aromáticos que fumó a la salida de su casa. Escupe al suelo, enciende uno de ellos y nos ofrece a todos.

—Para la protección —dice, mientras aspira el humo—. Son liados con yerbas que crecen aquí en el volcán, pero más abajo, en la parte del páramo. Es mejor fumarse uno para mantener la maquinaria aceitada ahora que llegamos a la estación.

Juana y Dayra toman uno y lo presionan suave, cuidando de no romperlo, tacan las hebras para que la lumbre agarre mejor. Antes de encenderlos, siguen a Pacho y escupen al suelo; en ese instante creo, no, estoy seguro de que cada acción forma parte de una danza coordinada que desconozco y que no quiero seguir. Recuerdo entonces el baile de Dayra de la noche anterior, la nube de colores, la música de las pequeñas campanas que sonaban al ritmo de su movimiento, las chispas y los rayos; también esa era una danza de pasos cuidadosos y precisos. Quizá el escupitajo en la tierra y el cigarrillo son solo pasos más artificiosos de una coreografía que hemos estado practicando, una que se inició con Dayra activando la luz en medio de la fiesta y que continúa hasta este momento. Quizá, también, nos movemos al ritmo de una música que no logramos escuchar, bien sea porque su cadencia no corresponde a las repeticiones usuales de aquello que escuchamos y consideramos armonioso, o porque no es un sonido que se hizo para nosotros, los humanos, sino para las montañas, los volcanes y las sierras. Porque ¿qué ritmo tienen los silbidos entrecortados del aire frío que escuchamos desde que iniciamos este camino?, ¿en qué tonalidad siguen rodando las piedras que, sin que lo notemos, pateamos a medida que caminamos? Sonrío al imaginar que hay un orden natural que existe por fuera de lo humano y que cada piedra del camino tiene un alma; pienso en un ser que no depende de nuestra intervención, recuerdo que la montaña es un objeto anterior a mí, a Pacho y a Dayra. Un volcán con alma que nos observa caminar por su columna vertebral. Un alma de volcán que escucha la música que se esconde de nosotros. Dudo en integrarme a la danza del cigarrillo y el escupitajo. Me abruma pensar en esa vibración que me ha estado atravesando desde esta mañana, en que siempre hay una melodía que me rodea todo el tiempo y nunca noto. Es como si una materia eterna, sin solidez, me presionara desde afuera, desde el mundo, para contenerme y estabilizarme. Es como si mi ser tuviera unidad y fuera compacto por la acción de colores, formas y sabores que están en el aire, pero no puedo reconocer. Es como si toda esa masa intangible fuera la que me lleva por el mundo, obligándome a seguir la danza y entrar en la coreografía de cada momento. Es como si todo lo que me ha ocurrido desde la fiesta fuera el producto de una desconexión, una disociación, un detonante que no logro entrever —el chapil, el baile ritual de Dayra, alguna combinación incomprendida de eventos, palabras y gestos— que hace que esa materia ingrávida haya movido mi cuerpo, pero no mi mente, sin que haya intervenido mi voluntad. Es como si siguiera el deseo de un ser descomunal y ajeno. Con la sola idea de ese ser, siento aún más la opresión que, desde afuera, mantiene la unión de mi cuerpo. Y, en medio de ese peso violento, nace un empuje desde adentro y se opone a la fuerza agresiva del exterior. Con la acción de mi interior y del mundo como dos fuerzas que se chocan en la piel, siento que cada átomo dentro de mí se estrecha hasta convertirse en una cáscara, en un material delgado y transparente que podría elevarse con un viento fuerte para así ser guiado fácilmente por la fuerza del ser inmenso que me rodea, me oprime y me aterra. Decido que no voy a fumar: es un acto de desobediencia ante ese ser que me ha obligado a subir hasta aquí, es negarme a continuar la danza que se me ha impuesto. Rechazo el cigarrillo que me ofrece Pacho, tengo razones suficientes para alejarme de esas repeticiones que resaltan el artificio de la caminata. Para convencerlos a ellos y a mí mismo, enumero una serie de excusas prácticas: es mejor no hacerlo por la resaca de la noche anterior, por la falta de aire en el páramo, por el mal estado físico. En el fondo, sé que le hago caso a la intuición de un resto de mí, una forma de identidad que queda en lo profundo de mi conciencia, el último resquicio que, al menos, me permite negarme a hacer lo que la coreografía me ha ordenado. Sigo una advertencia interior que escucho, pero no siempre puedo convertir en realidad; una que se me suele negar, pero que ahora mi cuerpo logra cumplir. Rompo el círculo que se ha formado alrededor de los cigarrillos y los escupitajos y sigo solo por el camino hacia las ruinas. Al ver cómo las paredes se levantan del suelo y cambian el paisaje con su sola existencia, me parece estar ante un faro iluminado que, en medio de la planicie inclinada y ascendente que he visto la última hora, quizá pueda darme luces sobre las dudas que me consumen mientras me acerco a las bocas.

A medida que avanzo a la construcción, el viento frío es cada vez más fuerte y me golpea rostro, su filo se mete en mi garganta, ahí es capaz de cortar una voz o de tajar las palabras hasta convertirlas en letras que apenas se pueden vocalizar. Es un viento que me empuja hacia atrás como si quisiera evitar que llegara a las ruinas, como si me advirtiera, como si me ayudara o, quizá, como si me quisiera llevar de nuevo con los otros para cumplir mi parte en la coreografía. Por primera vez en soledad, siento más densa la fuerza de la neblina que me golpea de frente. Mi cuerpo entero, esa cáscara en la que me han convertido las presiones del exterior y del interior, lucha por plantar los pies en tierra y continuar. La pesadez del aire hace que cada paso sea un esfuerzo en el que interviene cada uno de mis músculos. El campo de batalla de mi interior ya no solo contiene el choque de las fuerzas del mundo exterior y del alma; ahora suma un eje de presión la fuerza de la neblina, esa mixtura entre potencia y agua que se mueve entre estados indeterminados y parece forzarme a la disolución. Ni siquiera los hilos de trama y urdimbre que tejimos con Dayra funcionan para mantenerme cohesionado en un ser material. Soy atravesado por la fuerza de gotas de rocío, que se han convertido en diminutas lanzas que me atraviesan con una violencia dolorosa. Siempre había imaginado el rocío como el modelo de la tranquilidad lenta, de la paciencia y la serenidad. Sin embargo, ahora no concuerda con mi realidad la imagen de una gota que aumenta lentamente de tamaño mientras se sostiene de algún borde hasta alargarse, romper su límite físico y caer: en el rocío se encuentra la compresión del agua en una ventisca feroz, cargada de una humedad que rompe el rostro, corroe y ahoga la vida. Son ciertas las palabras que me había susurrado Dayra en la casa de Pacho: en el páramo alto las cosas ocurren a otro ritmo. No estoy caminando en una naturaleza lenta y sosegada, que espera pacientemente a que crezcan los frutos durante las noches y que mide sus tiempos por estaciones; este volcán es un lugar originario, es un espacio donde las entidades han cobrado forma, el sitio donde la materialidad ha obtenido un alma. Un volcán es el sitio en el que la materia líquida o viscosa de la lava se convierte en rocas y piroclastos; la montaña de fuego se encarga de entregarle, a cada una de ellas, un alma pequeña y fragmentada que se dividirá hasta donde logre llegar el fuego de la materia. Es el lugar de la transmutación, donde la gota de rocío se mueve entre el aire y el agua, donde el fuego es humo y magma a la vez, donde se crean todos los cuerpos y las formas, está el origen, el nacimiento de los elementos. Y el proceso de creación es algo profundamente cruel, violento: es una eclosión desde el dolor que produce la lucha constante entre la vida y la muerte, pero aquí, en el páramo alto, parece haber ganado una visión de lo inhóspito que algunos confunden con una forma de muerte. Bajo nuestros pies, en el aire, en las palmas de mis manos, puedo sentir la volátil energía química de los elementos, una manifestación de vida distinta a los verdes germinados de las plantas o al correr lento y fluido de los ríos. Quizá lo estéril es solo otra expresión de una vida que no podemos concebir como tal.

 Dejo atrás a Dayra, Pacho y Juana con sus cigarrillos y escupitajos en la tierra. Al alejarme, escucho de nuevo la tonada que parecen murmurar y que se entrecorta con una exhalación cada vez que alguno bota el humo del cigarrillo. El aire alrededor se vuelve bruma densa, inaccesible. Además de la estación abandonada y ruinosa, perdida entre la sombra espesa que la desenfoca y la convierte en un armazón espectral, no veo alrededor más que rocas y nubes. No aparece ni el más mínimo rastro verde que señale la existencia de lo vegetal; incluso el cielo ha perdido su azul original y se ha convertido en una mezcla irregular de colores tierra; ningún arbusto, nada que represente la vida tal como la recuerdo, en el suelo solo el gris profundo de las rocas. Tengo que acostumbrarme a esta nueva forma de concebir la existencia y recordar que también estas pequeñas losas que piso son otra forma de vida: una que no tengo manera de descifrar, pero en la que debo creer si quiero aferrarme a un lazo de cordura en medio de un paisaje que me arroja al delirio.

Al acercarme a la ruina, finalmente puedo ver una puerta de madera vieja, casi descascarada por la constante pelea con el viento. La mantiene asegurada un candado oxidado con dos aldabas que parecen apenas cumplir una función simbólica: basta empujar un poco la madera para que una de las argollas se desencaje, la puerta se abra y deje entrar a cualquiera.

El frío me sigue golpeando de frente, corta mi respiración; así que sigo mi acto de desobediencia individual que, ahora pienso, se asemeja más a una rebeldía adolescente, y entro en las ruinas para escapar del frío, que me sigue golpeando de frente. Empujo la puerta mientras Pacho, Juana y Dayra apenas retoman el camino. Desde el vano de la puerta los veo cerca de la estación, pero en lugar de entrar, siguen un recorrido aparentemente aleatorio, pero que, si se ve bien, tiene repeticiones; no puedo dejar de pensar en sus iteraciones y de encontrar ciclos en todas sus acciones; son movimientos coordinados, planificados. Merodean por el lugar y exploran varios metros alrededor, seguro buscan una anormalidad que delate la presencia de alguien en días pasados: un cambio mínimo en las columnas rotas que en algún momento sostuvieron un puesto de observación estratégica, una marca en la inmensa roca que separa la estación del abismo a uno de sus lados.

Trato de cerrar la puerta como puedo; aun asegurándola con una piedra desde dentro, queda una pequeña abertura por la que se cuela el frío violento de la neblina. Me acomodo cerca al marco de la ventana y, a través de unos vidrios sucios, llenos de polvo acumulado de un tiempo que parecen años, detallo la disposición del cúmulo de columnas destruidas y a mis tres compañeros de camino moviéndose entre ellas. El edificio central de la estación, en donde estoy, aún se puede considerar un lugar, un resguardo mínimo ante el páramo; las paredes, incluso con grietas y resquebrajaduras, permiten una forma de protección. Los pilares afuera están a medias, son pedazos de edificio que no se pueden identificar, con trozos de ladrillos tirados en el piso y material de construcción oxidado a su alrededor. Es evidente que esta no era la única construcción en pie cuando la estación era funcional, pero las otras estructuras no son fácilmente identificables, apenas quedan esbozos de lo que fueron en sus mejores momentos. Vistos desde aquí, esos vestigios parecen monolitos astrológicos que marcan eclipses, alineaciones de planetas o la inminente llegada de un dios crepuscular. Cuando me canso de ver cómo Pacho, Dayra y Juana caminan de un lado al otro entre los escombros, rastreando las sombras del pasado o construyendo augurios del futuro, decido sentarme en el suelo y esperar adentro hasta que terminen de hacer sus extrañas ceremonias.

Me apoyo en una de las paredes que cortan la corriente del soplo gélido y me abrazo para intentar darme un poco de calor. Sin embargo, las capas de ropa superpuestas que me cubren, en lugar de ayudarme con el abrigo, me separan de mi propia piel; en su tarea de alejar el aire casi congelado, atraparon pequeñas gotas que las terminaron por dejar totalmente inservibles. En este pequeño descanso, tengo el tiempo y la tranquilidad suficiente como para quitarme el gorro y los guantes, para sentir de nuevo que mi cuerpo me pertenece. En el proceso, siento las manos como máquinas viejas que se ven forzadas a un trabajo que olvidaron hacer luego de estar apagadas durante tanto tiempo. Las coyunturas crujen y los músculos se niegan a activarse; debo aceptar lentamente mis articulaciones para que el movimiento sea más fluido, para que sea propio. Al unir mis manos en un apretón fuerte, noto que he perdido la sensibilidad en algunos dedos y que el brandy que tomé para recibir calor no ha hecho ningún efecto. Sigo con los intentos de recuperarme de esa especie de estado criogénico frotando las palmas y soplando un poco de vaho en los nudillos, en las muñecas y en la pequeña cuna que armo con las manos. Sin embargo, el frío parece no dar tregua; a cada momento que pasa mi cuerpo pierde más y más sensibilidad; es como si mi fuego interno se empezara a desgajar muy lento. Tardo en darme cuenta de que el frío que me entumece no es el que alcanza a entrar por el vano abierto de la puerta; el viento no es el que me paraliza, ese algo a lo que creo haberme acostumbrado, con lo que ya siento haber construido una dinámica sólida. Este nuevo frío parece concentrarse en el suelo y reptar a través de las paredes, busca desesperadamente cualquier índice de calor con el único propósito de extinguirlo. Es un frío que sube por los cimientos de las ruinas y encuentra su lugar de ocupación en la columna de mi cuerpo. Sé que es totalmente distinto a lo que he sentido en el camino. Trato de convencerme, seguro se debe a que la acción de los músculos en movimiento me había permitido mantener un rezago de calor, y ahora, sentado, ha aparecido otra sensación, producto de la quietud pasiva. Sin embargo, esa interpretación no explica la oscuridad profunda y honda que hace un nido en mi pecho. Es miedo: este nuevo frío es una terrible pero certera sensación de terror que cala hasta los huesos.

Para salir de esa oscuridad que empieza a cerrarme, decido concentrarme en el lugar en donde estoy. Aquí adentro el espacio parece más una bodega llena de armatostes viejos que un sitio habitable. Nada está completo, a mi alrededor solo hay trozos que seguro antes formaron una totalidad, pero que ahora son apenas fragmentos que no tienen vida propia y que ruegan por volver a configurar algo nuevo, un *collage* monstruoso que ha sido pegado a las malas por el tiempo y el azar. En medio del frío que mutila partes de mi cuerpo para entregárselas a la nada, también soy una multiplicidad de fragmentos que se van uniendo a ese *collage* hecho con trizas de imágenes rotas, fragmentos de recuerdos y restos de historias. Hay basura plástica mezclada con piedras, ceniza vieja, cristales quebrados, y algunos casquillos de bala medio enterrados en la grava. Patas de sillas que no sostienen nada y siguen de pie apenas sujetadas por el polvo, cáscaras de pintura llenas de moho seco, clavos doblados a la mitad, un par de estantes de metal inclinados, un colchón viejo lleno de manchas y huecos por los que se ve salir el yute, cables de cobre que salen de orificios ocultos en la pared, papeles arrugados y quemados en las esquinas, pedazos de baldosas partidas, unas piedras en círculo en un intento por hacer una fogata, palos resecos, hojas negras arrancadas de frailejones, trozos de algo que alguna vez fue ropa; todo cubierto por una capa omnipresente de ceniza y tierra; todo ordenado en una confusión caótica que aumenta la sensación de estar en un infierno congelado. Todos los objetos que ahora se pudren contra una pared o que derraman su ser en el tiempo tuvieron en algún momento una realidad propia, una lógica en la estación. Su presencia aquí no puede ser gratuita, esta ruina es un lugar que exige una razón de ser, una causa. Seguro muchos de ellos no solo tenían una existencia, sino que eran tesoros valiosos, eran mundos por cuidar. Esos fragmentos de objetos roídos cuentan una historia. Las muescas en la madera, los rayones de la pintura, la escritura del papel; todo eso fue alguna vez una evidencia de vida. Ahora solo son restos de un pasado que fue, una irrealidad transformada por la mala memoria; quizá su esencia cambió y su alma transmutó a una que habla de su presente como residuo. Al verlos, su existencia misma me interpela. ¿Era gracias a estos pequeños objetos que los soldados no enloquecían?, ¿cómo lograron convivir tanto tiempo soldados y objetos sin caer en el delirio? ¿Cada fragmento, cada detalle de este lugar tiene también un alma como lo pensé de las piedras, hace solo unos minutos? Si las tienen, si esas almas insisten en habitar esos fragmentos olvidados de consistencia, no había duda de que estaban infectadas de lo que habían dejado los soldados en ellas. Trazos de miedo y de terror, los mismos que subían por los muros para habitar mi cuerpo convertido en una amalgama de partículas.

Trato de imaginar a los soldados aquí, encerrados y asustados, con un oído pegado a las noticias de una radio llena de estática y el otro en el craquelar de piedras volcánicas hirvientes que se parten por el frío. Con la mirada atenta a cualquier sombra que apareciera en el horizonte. Afuera, la neblina no me permite distinguir las formas de algo que esté a más de unos ocho metros; seguro de noche la oscuridad es totalmente cerrada. Los imagino pegados a esas ventanas llenas de polvo y ceniza, temiendo encontrarse con una entidad natural que venía por ellos, o aún peor, con un pelotón que reclamaba la estación como propia; aguzando los ojos en medio de las tinieblas, deseando ver esa sombra que les garantizara que no estaban ciegos, pero encontrándose solo el reflejo de sus propios rostros deformados en el vidrio sucio; los pienso en medio de los ruidos y los ecos del volcán, intensificados por las noticias y las mitologías de la guerra, con los sentidos explotando entre la imaginación y la realidad, con la exposición de una fisura mental que los partía en dos. Esta pequeña estación de vigilancia debió convertirse en una cueva del terror. Me parece lógico que hubieran puesto esas minas y que se hacinaran en el único lugar que se asemeja a un refugio. Tanto miedo, tanto horror ajeno aún queda como residuo; está en el frío de las paredes que empieza a carcomer mi columna y que ahora roe mis huesos para inducirme a un mundo que no quiero habitar. Mi cuerpo, paralizado, ve el lugar con otros ojos: a través de la capa de miedo que me cubre con un manto de hielo; como una fulguración, por mi corazón pasa la historia de las noches en vigila y las mañanas salvadoras que solo llevaban en sus hombros nuevas formas de abrazar la cobardía. Una vez ese espanto contenido en la estación se apodera de mí, siento esquirlas de pánico clavadas en las paredes viejas. En ese lugar, ahora extrañamente familiar y profundamente íntimo ante mis sentidos, pasaron cosas que no tenían lógica en el mundo de afuera, pero que en el momento fueron para los soldados las soluciones más obvias y lógicas ante el avance implacable de la histeria.

Ellos se materializan ante mí como gotas expansivas de mercurio oscuro: son favila líquida en medio de un aire donde flota ceniza seca, se resisten a tomar formas humanas: sus contornos son apenas los de sus gestos de dolor, sus gritos de insomnio y delirio. Están encerrados en una jerarquía de mando, con un enemigo mental que los ataca en sueños y la necesidad de sobrevivir a las alucinaciones de sus compañeros. El magma negro de la desesperación brota en cada mesa y armario desgajado con el tiempo, fluye desde todas las grietas y hendiduras disponibles. Los arañazos y los golpes resaltan en los objetos tercos que aún se resisten y se niegan a perder su forma, todo está astillado y roto; algunos trozos de madera retroceden en el tiempo hasta convertirse en los árboles que fueron y después se comprimen hasta ser semillas y luego luz y energía; las piedras se levantan del suelo y se funden en una masa que toma la forma de armas de fuego que se tragan las balas disparadas, para después contraerse y clavarse con furia en la tierra profunda, para buscar el corazón en las vetas minerales de las que alguna vez fueron parte. En toda la estación hay un torbellino de materia oscura que se choca entre sí, un bucle que se retroalimenta para volver a formas básicas y rehacerse en cúmulos de energía, en el hielo del viento frío y en el fuego del volcán; imágenes que se evaporan como un viento cargado de arena grumosa pegándose a mis retinas y revolviendo los tiempos de la memoria. El terror de la violencia desatada toma forma. En lugar del sonido del viento y la materia que se entrechoca, escucho los gritos de mando estancados en las esquinas que vomitan órdenes imposibles de entender con toda la crueldad de la que son capaces, voces que se solapan con aullidos de locura de los soldados y gruñidos de desesperación de la radio. Veo una ráfaga de sombras brillantes con salpicaduras rojas de sangre que corren con la velocidad de las ventiscas volcánicas, saliva azul que se desliza lenta desde las bocas hasta los cuerpos desgajados, inmensas gotas de salvia verde que surgen desde el suelo y se destilan hacia el techo, abriendo grietas como pinceladas de herrumbre contra las lajas grises, de las que llueven granos de hielo que abren heridas en la tierra; la lava brota desde las paredes y las esquinas, algunos truenos diminutos se encajan entre los gritos desgarrados y la omnipresente estática que parece esconder palabras antiguas. El olor a azufre me penetra los poros a medida que la nube de horror aumenta ante mis ojos, el sabor metálico de la sangre oxidada me parte el paladar y suelta mis dientes, que caen uno a uno sobre la grava. Al intentar recogerlos y meterlos de nuevo en mi boca, me trago un puñado de piedras que me rompen las encías, pero mis manos siguen quietas y entonces las piedras vuelven a ser dientes con la consistencia de rocas vueltas ceniza. Y entonces mis manos no dejan de estar quietas, el viento salvaje de podredumbre y miedo no deja de rondar por los techos y las paredes y me arrastra hacia él y empieza a desprenderme los dedos, que dejan hilos de tejidos y sangre tras de sí y pasan a ser pertenencia del horror. Todo mi cuerpo se desgarra, se convierte en migajas desmoronadas, en órganos abiertos que tienen en su interior más órganos, multiplicados una y mil veces, cada vez más diminutos, hasta que mi cuerpo entero se vuelve molécula vaciada en la nada espeluznante que mis ojos aún pueden ver, así ya no estén ahí. Y, por una vez, esa abstracción de la nada soy yo mismo; me entrego a ella, empiezo a ver algo más. En cada fragmento de polvo que me golpea las retinas de vapor están los objetos que componen el bodegón de espanto en el que me encuentro; cada objeto contiene en sí el tiempo que lo ha atravesado, desde su comienzo como materia prima, hasta su destrucción entrópica y desgastada. El tiempo y el espacio se concentran en migajas de material condensado, convierten la estación en un contenedor de agujeros negros a punto de tragarse el entorno. Envuelto por el tiempo absoluto que ahora atraviesa ese lugar específico, decido clausurar con oscuridad mis cuencas de espectro y entregarme al flujo de los espejismos que me absorben. Y entonces, veo: veo cuerpos que se fragmentan, que dejan tras de sí partes que replican su fuente de origen hasta volverse otros cuerpos, cada vez más diminutos, y que se integran al todo cósmico para ser, ellos mismos, un universo entero. Veo, después, cómo cada universo entra en colisión térmica con otros universos y se estalla en virutas, se destruye con displicencia, se desmantela capa por capa hasta llegar a un corazón repleto de vacío. Veo la aparición de una energía gravitatoria que acelera para crear un nuevo centro en un lugar multiplicado, convertido en innumerables núcleos en torno de los cuales empieza una danza de partículas recién nacidas; hay cientos de miles de universos flotando en el espacio, con cientos de miles de centros, que se desplazaban en una velocidad improbable para volver a unirse, destruirse y recrearse. Veo la confluencia de vida y muerte que se articula en el espacio, que recurre a las fuerzas subterráneas para encender una llama posible que incline la balanza del caos hacia lo vital; el magma volcánico se hace presente como aglutinante primordial. Veo el magma ascender desde los poros de la tierra hasta llenar el espacio por completo y desbordarlo en una corriente lechosa que, en lugar de incinerar los nacimientos materiales, los llena del poder ígneo que duerme en su interior. Veo el fuego ordenar y archivar, separar y esquematizar; ante mí, el caos reinante se convierte en un ballet fluctuante de materias que le dan forma a la experiencia; el magma se drena al colarse en la tierra y ocultarse para volver a su origen, la energía y el caos y los universos y la violencia cósmica y la génesis planetaria se decantan. Veo cómo la materia, antes desgajada en partes que abrían un camino de raicillas en forma de rayos celestes, se ha vuelto a unir; la profanación infernal de la lava ha servido como sistema para fundir el tiempo y convertir la estación en un brasero cósmico para la construcción de un nuevo organismo. Veo los cadáveres podridos que se escondieron bajo la tierra y las piedras del páramo, los veo reconstituirse hasta volver a sus componentes prehistóricos y transmutarse en una cosa rearmada; un ente sin existencia ni tiempo, un sólido que ha sido construido, unido y pegado en un montaje artificial. Veo un gólem con nueva vida gracias a las fuerzas del magma. Veo que en él se contienen, latentes y en espera, los gritos de desesperación nocturna, los aullidos castrenses, la canibalización desesperada, la ansiedad desbordada, el asesinato enajenado. Veo cómo todo se convierte en una esfera metálica y brillante que se comprime sobre sí misma hasta ocupar todos los espacios abiertos por las grietas y los poros; los últimos resquicios de lava comienzan a cubrir la esfera y esperan pacientes a que el tiempo pase para enfriarse, endurecerse y volverse roca, crean una capa endurecida de amparo, un velo protector, y uno más, y uno más, y uno más. Veo cómo esa esfera encubierta se guarda en lo profundo y, cuando lo hace, configura la totalidad, convirtiéndose en algo real; todo ocupa el lugar que debe ocupar, cada cosa tiene su sitio natural dentro del ente recién insuflado. Ha dejado de ser una figura rota, un témpano resquebrajado. Y me veo: estoy ante un espejo deformado que me devuelve la imagen alterada de un cuerpo tirado en el medio de la estación, desnudo, con las pupilas en blanco y las manos convertidas en garras que cortan las palmas de las manos al contraerse en una desesperación incontenible. Estoy del lado equivocado del espejo; ese ente que une fragmentos ajenos, que es la unicidad de la singularidad soy yo. Me veo en él.

… me veo…

Basta crear la conexión entre la imagen que se duplica a los dos lados del espejo y la materialidad que habito para recuperar un poco el sentido de orientación. Mi cuerpo intenta volver a pertenecerme, a ser parte inseparable de mi identidad y falla en su propósito; solo puedo anclarme a una punción que se ubica en el lugar donde debería estar mi cabeza, un malestar que palpita por dentro. Me pliego ante una tortura que convive con la enajenación que acabo de hurgar y con los bramidos volcánicos y con el gusto a óxido. No hay forma más certera de sentir el cuerpo que mediante el dolor; cuando el dolor nos sitia, todo lo demás se reduce a imágenes borrosas. Y como juez déspota de esa evidencia, siempre está el tiempo. Mientras que el placer y la alegría aglutinan el tiempo, de manera tal que las sensaciones se proyectan superpuestas en planos de pasado y futuro, el dolor se expande, se ensancha hasta ocupar cada minuto, se inserta en la piel hasta volver el cuerpo mismo una forma del tiempo y hacer del presente una constante inextinguible y eterna. Me trato de rearmar desde esa solidez que le da la eternidad al dolor. El punto desde donde se desprende de nuevo mi sensación material es minúsculo, una aguja punzante que pica el cerebro para despertarlo. Desde ahí, se construye un afán expansivo que busca mi boca como lugar de fuga; el dolor lucha por salir y transmutar el horror, por pasar de diminutos shocks eléctricos en mi mente a ondas longitudinales que atraviesan en el aire. Es un horror incontenible, una corriente imposible de detener. Y mi materia responde por mí, como si un instinto de supervivencia tomara el lugar de mi mente, y grito. Grito con todas mis fuerzas, pido ayuda, clamo por una línea a tierra que rompa la coraza magnética que aún me tiene atrapado en esa visión de pesadilla. No construyo palabras; el grito apenas es un lamento que se confunde con el aire del páramo aullando afuera. La estación se ha calmado; los objetos han vuelto a su lugar, aunque su naturaleza caótica me sugiere que igual podrían estar totalmente desordenados y no me daría cuenta.

Desde el borde de los objetos en la estación, mis ojos captan quiebres visuales que no logro retener del todo y que, por momentos, confundo con reflejos del sol sobre superficies brillantes. Ver desde el margen del espejo, en un punto liminal entre mundo material y la virtualidad de la imagen, sin saber de qué lado estoy, hace que vuelva el punto de dolor en mi cabeza. Es una punzada que busca una huida de su encierro y me obliga a gritar de nuevo. Observo el hilo del aullido salir de mi garganta con una fuerza trascendente que rompe la visión y me devuelvo a ese yo que se refugia en la esquina de una estación de vigilancia y que empieza a ver cómo le tiemblan las manos sin guantes, queriendo desprenderse de los brazos para buscar un poco de calor. Ese hilo ha salido sin la necesidad de rastrear una trama que lo convierta en tejido, desdeña la amorosa tela que hemos construido con Dayra y cumple su cometido de resquebrajar la alucinación para reintegrarme a la idea de que tengo un cuerpo: uno débil y adolorido, uno que no puedo controlar, solo percibir. La imagen que me devuelve la percepción es que sigo sentado en el suelo, apoyado casi sin punto de toque en la columna que mantiene mi espalda apenas erguida. La cabeza caída hacia un lado solo demuestra que mi cuello no es sostén. Los brazos se descuelgan a los lados como telas que se sujetaran de los hombros. Lo único que evidencia que soy un cuerpo vivo y no un cadáver, es el movimiento convulso de unas manos que no controlo. Debo esforzarme para retomar partes de mi cuerpo, conectar esa imagen difusa con una conciencia material. Solo puedo activar el movimiento consciente de mis músculos después de varios intentos. Mis piernas se distienden, los brazos se atreven a tocar otras partes de un cuerpo que aun tiembla del terror y del frío; la columna en la que me apoyo aún se siente helada, pero es el único sostén que evita que caiga al suelo. Despacio, los dedos de mis pies responden con un cosquilleo constante y puedo sentir cómo los hombros sostienen el peso de mi cabeza. Celebro con una sonrisa, y el hielo fino que se había empezado a formar en mi rostro se craquela: al fin, he vuelto a tomar el control de mi cuerpo.

 Una vez me sujeto de nuevo a mi identidad, empiezo a dudar de todo lo que sentí: no sé si grité y ellos no me han prestado atención, o si mi aullido era apenas uno más de los espíritus atrapados en mi cabeza. No sé si estoy en las ruinas de una antigua estación de un volcán, si sigo perdidamente borracho en la casa de Juana o si estoy en la cueva de Pacho tratando de pasar la alucinación de su bebida. No sé si soy una persona, una unión de partes, un escritor, una multiplicidad, una obra de bricolaje, el recuerdo de alguien más, un tejido de palabras o una maquinaria construida y no nacida. Necesito confirmar, ver, saber que esto no es la invención de alguien más. Pero el terror y el miedo aún no se van del todo.

    Casi no tengo energía para levantarme, me siento drenado. Me apoyo en un escombro cercano e intento ver por la ventana baja. Mis piernas se solidifican el tiempo suficiente para impulsar el cuerpo hacia la pared y permitirme llegar al marco. Los dedos apenas se doblan para agarrar el marco. Me empujo con todas mis fuerzas y llego hasta el vidrio; igual que antes, el paisaje al otro lado parece lleno de ectoplasma, borroso, inestable. Antes había visto a Dayra, Pacho y Juana caminar de un lado al otro de las ruinas, ahora parecen haber desaparecido. Pienso que me han dejado solo en ese lugar hasta que veo un movimiento minúsculo que me permite delinear sus perfiles; con un poco más de atención, al fin puedo detallarlos. Están en medio de las ruinas, sentados; siguen fumando y miran hacia un punto perdido en el horizonte. Es como si sus cuerpos estuvieran apagados, sin corriente eléctrica; lo único que denota algún signo de vida es el movimiento de sus brazos cada vez que llevan los cigarrillos a los labios. Vuelvo a gritar; esta vez uso palabras, les pido ayuda, pero ellos no me escuchan, o simulan no hacerlo. Aún siento el eco y los restos de imágenes en mi memoria, que se confunden con algunas sombras en las esquinas de la estación. Sigo gritando. Es lo único que puedo hacer, al menos hasta que logre despabilarme un poco más y use mis pies para salir de aquí. Ellos no se mueven. Mis manos no aguantan más el esfuerzo que hago al apoyarme en la ventana y me desplomo sobre el suelo; levanto un poco de polvo que me hace toser. Veo cómo algunas de las sombras que producen los objetos de la estación se empiezan a mover lento; a veces, desde el rabillo del ojo, parecen bordes borrosos, difusos, que no logran diseminarse en el medioambiente, mientras otras veces se ven como materia plástica negra que imagino restos de la alucinación. Siento temor ante la posibilidad de que todo el proceso que acabo de vivir se inicie nuevamente. Me arrastro hacia la columna y recuesto mi espalda en ella, intentando levantarme. En mi espalda se cuela, el mismo frío que lo inició todo.

No quiero volver a la misma sucesión, no quiero regresar a los cuerpos que se deshacen, a los gritos, a las masas de tejidos y sangre flotando por doquier; tampoco a la oscuridad, ni a los universos estrellándose y naciendo.

Las conexiones que relacionan mi mente y mi cuerpo están desfasadas. Mientras mi cerebro lucha por encontrar caminos que me lleven fuera de ese sitio, mi cuerpo responde chocándose y tropezándose consigo mismo. En medio del caos de lograr que mi cuerpo haga una sucesión lógica de movimientos, vuelvo a caer un par de veces en el suelo. Intento agarrarme de nuevo del marco de la ventana, pero mis brazos se extienden a un lugar que no quiero. Mis pies se cruzan y pierdo el equilibrio. Mi mente sigue buscando caminos para salir de ese lugar, pero el cuerpo es incompatible con mis deseos. Lleno de vértigo interno, la dislexia me atormenta y me arrastra por el suelo. Me estiro y me contraigo sin prevención, busco grietas en la pared, quiero apoyarme en montículos o en cualquier cosa que me permita acercarme a la puerta. Intento arrastrarme hacia la puerta, pero las piernas siguen frías y se doblan. En el suelo, clavo mis uñas en el piso y me arrastro; a veces agarro puñados de tierra, otras me tropiezo con protuberancias que me rompen la ropa y raspan las rodillas y los codos, que abren la piel y la hacen sangrar. Avanzo lento, pero no dejo de tener entre mis ojos a la piedra que usé para asegurar la puerta por dentro, es un horizonte posible, un punto de seguridad. Siento en mi interior otra clase de sensación, no la misma que había subido por mi espalda y se había instalado en mi cabeza, es más instintiva y animal. Es el impulso de la supervivencia, de la huida, de la salvación personal. Me aferro a ese último gramo de vida que se escurren entre el delirio, para dar una orden a mis piernas. Para hacer que mi cuerpo responda a lo que le ordeno hacer. Esa chispa de resistencia que sale del sistema nervioso vital basta para que el sistema eléctrico completo se reactive por un par de segundos. Siento mis músculos hirviendo del calor a medida que arrastran mi cuerpo por el piso, el sistema se sobrecalienta al gastar sus restos de energía en un acto de huida. Ese relámpago de energía que me sostuvo en límite bastó para alcanzar la puerta, para llegar a la abertura de escape. Logro mover la piedra lo suficiente para que haya una brecha de umbral que me permita salir y me lanzo con desesperación hacia afuera.

Mi cuerpo se estrella contra la grava del volcán. Caigo boca arriba. En el cielo solo están las nubes de gases expelidas por el volcán a esta altura; un vapor que se mueve con un viento gélido y que me recuerda el lugar en el que estoy. No quiero girar mi cabeza para ver cómo se arma otra vez el torbellino de ceniza y mercurio en la estación a mis espaldas, pero sé que sigue, que nunca dejará de repetirse. Estoy agitado, no respiro hondo, a esta altura los pulmones apenas aguantan un poco de presión. Además de las nubes, afuera solo veo una sombra que parece ser Pacho levantándose y acercándose hacia mí, se agranda hasta convertirse en una imagen que eclipsa mi mirada, aún clavada en un cielo lleno de la fumarola en movimiento. Lleva un cigarrillo en la mano. Tirado en el piso, sin energía, completamente paralizado, veo cómo Pacho acerca el cigarrillo a mi boca y, con un gesto, me pide que aspire un poco. El sabor es seco y amargo. Él lo toma y aspira un poco más. Suelta una bocanada mientras mira la estación.

—Era mejor que fumaras desde antes, te lo dije. Solo espero que la reconfiguración vaya tomando su camino.

La palabra reconfiguración pareciera salir de su boca con un eco. No puedo responderle nada, no tengo energía para hacerlo. Algo en mi interior se ha quebrado, pero no estoy seguro de que antes estuviera completo. Solo puedo mirar a Pacho con odio. No quiero estar aquí, no entiendo lo que ocurre y solo deseo tener la suficiente energía para bajar corriendo sin que me importen las minas, ni los soldados, ni el arma de Pacho, ni el tejido con Dayra. Pero quedé vacío. No entiendo cómo logré salir vivo de ese lugar. Tan pronto vuelva a tener energías, retomo mi camino y vuelvo a casa con mi familia. Hay una cena esperándome esta noche.

—A levantarse —Me toma de los brazos y me ayuda a pararme. Es como si la bocanada de cigarrillo me hubiera dado un poco de energía, una que no se drena tan fácilmente y que sabe anidarse y crecer en mi cuerpo—. Vamos con Juana y Dayra, tenemos que organizar nuestros planes.

(1997)

No le bastaba con tallar la forma visible en una roca o moldear una silueta con magma. Tampoco quería tomar los fragmentos que tenía a su disposición y mezclarlos en el orden que inicialmente tenían para después inducir calor y fuego a ese collage de pulpa. El órgano más pequeño podía contener dentro de sí la respuesta al operar de un mecanismo sustancial ubicado en otro lugar del cuerpo. Debía entender el funcionamiento de cada engranaje y de cada corriente que hacían actuar la máquina humana.

Después de consumir en goce alimenticio la primera de las seis esferas, se esmeró en el estudio sistemático de los otros cinco organismos. Tuvo cuidado de tratar con delicadeza a uno que seguía apenas balanceándose del lado de la vida: era su modelo para observar la circulación de los fluidos, el palpitar de los órganos, el derrame de electricidad. Con la paciencia que había aplicado cuando dejaba que el lento brotar convirtiera el magma en lava; abrió, desmantelando a unos seres que, con cada nuevo descubrimiento, le parecían milagros de supervivencia. No entendía cómo unos entes tan débiles y precarios fueran los culpables de producir tal cantidad de información.

La fascinaba, y hacía que deseara febrilmente ser uno de ellos.

No había nada en esos organismos que señalara cómo habían resultado con lenguaje. Quizá les había sido impuesto desde afuera y no se relacionaba con su organicidad; quizá eran el producto de una mutación y, en el proceso del cambio, habían olvidado cuáles eran sus antecesores originales, uno de ellos tal vez un ser que cargaba consigo el peso de la comunicación articulada. Pudo entender que el lenguaje les había modificado el cuerpo, que no era parte constitutiva de su naturaleza. Era algo externo a ellos, un virus, probablemente: los humanos estaban hechos de pura externalidad.

Una vez comprendió la naturaleza alienada del lenguaje, siguió abriendo, continuó desmembrando.

Separó y clasificó glándulas, desembrolló intestinos y piel. Organizó huesos por tamaños y formas, dio vuelta a músculos, cercenó dedos de manos y pies, calculó la cantidad de vellos púbicos y el promedio de lunares. Supo de dos clases genitales que variaban según características corporales que no siempre eran coincidentes. Superpuso en láminas los sistemas circulatorio, digestivo, parasimpático, nervioso y respiratorio. Buscó relaciones entre las extremidades y concluyó la inutilidad de algunas falanges. Encontró enfermedades congénitas, cáncer extendido y desviaciones en algunos sentidos; en esas materialidades que examinaba capa por capa, supo descifrar intervenciones médicas marcadas en la piel y las diferenció de golpes de infancia o violencias cotidianas y excepcionales. Leyó cuerpos, leyó gestos, leyó marcas y contracciones. Reventó los ojos del cuerpo vivo. Exprimió sus cuerdas vocales. Desolló, cortó músculos y quebró articulaciones. Esbozó la máquina completa, la dominó hasta en sus más mínimos detalles.

Sintió lástima por los humanos.

Cuando ya quedaba polvo y ceniza de lo que alguna vez habían sido entes vivos, empezó la duplicación. Moldeó células y neuronas desde cero. Cambió sus dimensiones espaciales para adentrarse en los intersticios de las sustancias que había sintetizado en el proceso. Al reparar en que los humanos son principalmente vacío, decidió crear en negativo, formar materia energética alrededor de la nada. Se desplazó por lo vacuo hasta encontrar, en la soledad de las células errantes, una corriente que le permitió unirlas alrededor de tramas y urdimbres; terminó por constituir tejidos que se anudaron hasta diferenciarse en órganos, vísceras y entrañas. Activó por separado miembros que produjeron hormonas, sangre y pus. Fue acoplando todo poco a poco; los sistemas se cerraron y empezaron a tener autonomía, casi una forma de albedrío. Los piñones de esa carne de magma latían con su mismo ritmo emotivo. El rompecabezas que había empezado en el vacío tomaba la forma de lo vivo, se convertía en una de las esferas.

Cuando pudo distinguir la máquina como algo con aspecto humano decidió remover, cambiar, transformar. En su proceso de estudio, vio los errores que se habían cometido en la constitución natural de ese ser. Quizá la causa que había permitido la producción errónea del lenguaje era que su sistema estaba cerrado: entre la entrada de la energía por medio de la boca y la salida del exceso a través de ano, piel o genitales, solo había un proceso simple de conservación que tendía al desgaste. El diseño había obviado incluir aperturas que le permitieran una comunicación no verbal con su entorno. Los músculos del rostro indicaban la existencia de gestos comunicativos, lo cual demostraba un intercambio entre ellos, pero no había una sola marca que mostrara un diálogo con otras máquinas aledañas como animales, plantas, minerales u hongos.

Una hipótesis más de la aparición del lenguaje en humanos, pensó, es que se produjo por la incapacidad que tenían de comunicarse con entes diversos por otros medios.

Decidió añadir órganos suplentes que le permitieran a su duplicado una comunicación más amplia, aunque tuvo cuidado de no modificar la apariencia física superficial para conservar la idea general del diseño. Hizo énfasis en la inserción de sentidos vegetales y minerales, en canales empáticos que fueran directo al sistema límbico para que no tuvieran que atravesar el lenguaje. Eso permitiría al ser tener un enlace más dinámico con ella o con cualquier paisaje que habitara.

En un impulso de vanidad, le incluyó un poco de sí misma. No estructuró la columna vertebral como algo sólido, sino como una suma de capas telúricas que, al superponerse, formaban los huesos. Cada capa estaba armada por células de diferentes órganos, de manera tal que en la columna completa podía encontrarse la clave absoluta del humano. Jerarquizó y estratificó las franjas, ubicando en la base las que estaban hechas de los órganos más simples y complejizándolos a medida que ascendían hasta el cráneo, lugar desde donde se producía el padecimiento del habla. Así como ella estaba armada de sedimentos superpuestos de tierra y rocas, el sostén del lenguaje en el duplicado estaría erguido sobre una posible tectónica del paladar.

Con los últimos detalles (una cicatriz sin explicación en el abdomen, un desperfecto en el lóbulo de la oreja derecha y una caries incipiente en un molar), vio que lo que había hecho estaba bien. Y era bueno. Y decidió insuflarle vida.

Tomó un poco de emulsión de su núcleo interno y lo inoculó en su homúnculo humano a través de la piel. La máquina comenzó a funcionar. Una vez los fluidos y la energía iniciaron su recorrido en la estructura, ocurrió el movimiento. Cuidó de que las extremidades funcionaran tal como las había pensado, que las relaciones entre los diferentes sistemas estuvieran coordinadas. Hizo un par de pruebas físicas de extensión para ponerlo en condiciones extremas, pruebas que pasó sin problema.

Cuando estuvo segura, se implantó en el cuerpo creado. Forzó parte de su constitución magmática para producir una división amitótica. Fue desgarrador, pero el dolor domesticado de la inoculación de información la había preparado para eso. Su ser dividido se enraizó en el cuerpo duplicado. Podía seguir siendo ella y, al mismo tiempo, residir en la máquina. Ambos cuerpos compartían recuerdos y memoria, sensaciones y emociones, dolor y placer, pero también experimentaban el mundo desde su propio espacio material. Serían vida simultánea y se habitarían mutuamente para compartir experiencia.

Pero algo no estaba bien.

Al residir en el duplicado se encontró desorientada, lejos de sí misma. Notó que la sensación de lo vital cambiaba. El cuerpo humano, modificado por el lenguaje, había sufrido pérdidas irrecuperables. Podía moverse y hablar, incluso produjo lenguaje por medio de esas chispas eléctricas que había notado en las primeras esferas que vio; sin embargo, era energía pobre, quebradiza, rota. La máquina funcionaba a pesar de sí misma. Los órganos suplentes que había añadido no eran funcionales: estaban apagados, muertos. La densa capa de lenguaje que rodeaba toda forma humana no permitía la correspondencia con otros seres.

Había más errores de los que había imaginado. El virus del lenguaje podía encontrar grietas para extenderse y mutaba para abarcar la mayor cantidad posible de seres y espacio. En ese momento, seguramente, buscaba la mejor forma de instalarse en ella. Por eso decidió que dejaría el primer homúnculo en su seno, para que aprendiera de ella, y haría un nuevo duplicado, uno que pudiera evadir las trampas del lenguaje.

Se concentró en su nueva tarea hasta sentir en su materia terrígena algo que nunca había experimentado. Comprender la falla primordial en la máquina humana le había permitido conocer de qué se alimentaba la información que le había sido inoculada, cuál era su caldo primigenio. Le fue fácil encontrarlo, porque en ese momento, el combustible estaba concentrado en un punto cerca a la antena.

Vio que un grupo de esferas se unían alrededor del caldo primordial. Estaban contenidas en un espacio pequeño, casi una sobre la otra, apenas un área donde podían sobrevivir. En tiempo real, presenció cómo una esquirla de esa sustancia oscura se desplegó, abriéndose en propagación infinita. El confinamiento ayudó a que la expansión fuera veloz y confusa. Ella no entendía muy bien qué sucedía: sentía mucho dolor, pero no podía comprender su naturaleza. Decidió detallar más de cerca lo que ocurría en el lugar que las esferas llamaban Estación de vigilancia.

Dejó que sus sentidos entraran por completo en ese espacio y apareció la sustancialidad espesa del terror. Ya había observado ese extracto negro en algunas esferas que la habían recorrido, pero en aquellas era apenas un centelleo que se apagaba rápidamente. Quizá no se había fijado lo suficiente porque no se había percatado de su importancia, pero ahí, en ese encierro de desesperación, era lo único que se podía vislumbrar. De cada humano se desprendía una electricidad que ya no era de destellos, sino una masa pegajosa que se adhería a las paredes y al suelo. Lo identificó. Era el mismo dolor que la había despertado inicialmente; no se trataba solo de información inoculada, sino de un lenguaje cargado de miedo. Era una sustancia que se reproducía y se autogeneraba, que se multiplicaba cuando llegaba a otro humano y que se reabsorbía hasta engendrar más terror y desbordar cualquier materia que estuviera cerca. El lugar completo se rebosaba esa materia densa, que se instalaba en cada objeto y le cambiaba su polaridad.

La propagación empezó a extenderse más allá de los límites de ese espacio cerrado. Algunos humanos, colmados de terror, empezaron a alojar los excedentes de esa sustancia en aparatos que luego enterraron en torno a la estación. No muy profundo. La desesperación hacía que apenas pudieran rascar la superficie y plantar esos aparatos como trampas de expansión de lenguaje y de miedo.

Si dejaba que la infección se expandiera, incluso la transformaría a ella. Sería víctima del virus del lenguaje. Debía hacer lo posible para evitar que el desdoblamiento multiplicador de ese parásito la invadiera.

Aisló el líquido viscoso. Drenó el horror hecho sustancia hacia sus entrañas freáticas para detener la proliferación. Levantó muros de magma que lo contuvieran. Vertió ahí el dolor humano y lo dejó latente dentro de sí, en un lugar que no pudiera hacerle daño ni contaminar a alguien más. Si llegaba a filtrarse, se aseguró de que no saliera de la estación; levantó pequeñas columnas pétreas alrededor de la construcción que cualquiera podría pensar que eran ruinas. Estaban dispuestas en el espacio de tal manera que alguien que supiera de su existencia pudiera usarlas para conjurarla, para llamar su atención cuando algo anormal ocurriera. Cada una de ellas era una conexión energética con ella, un meridiano por donde fluiría su energía vital.

Antes de continuar con la duplicación, movió lento sus capas telúricas hasta dejar que uno de los aparatos desperdigados alrededor de la estación, cayera en su manto. Fue una asimilación casi digestiva. Lo absorbió. La esquirla del terror contenida ahí podía darle la solución que buscaba: si impregnaba algo de esa energía en su nuevo homúnculo, el cuerpo podría adaptarse a él, transformarlo, saber cómo usar el lenguaje. Y si el caldo primigenio del lenguaje era esa sustancia viscosa que se desbordaba en la estación, ahí estaba la solución que la llevaría a comprender lo que ocurría en el fondo de las esferas. Como si se tratara de una vacuna, pondría un poco de horror dentro del segundo duplicado para incorporarlo a su ser y hacerlo inmune a sus efectos.

Dejó los otros aparatos en su superficie, latentes. Estudiaría bien el que había absorbido, después decidiría qué hacer con el resto.

En ese momento, ella no comprendió lo que significaba realmente la sustancia viscosa. No lo hubiera podido hacer, porque el concepto que explicaba la razón del terror no estaba dentro de su campo de ideas, no tenía las herramientas para siquiera imaginarlo. El terror de ese aparato estaba alimentado por algo que se encontraba en el afuera, una fuerza que debía su existencia al lenguaje del que se retroalimentaba, una idea humana de exterminio mutuo e irracional que las esferas nombraron Guerra, y que sobrepasaba la forma como ella concebía las correlaciones. A falta de un concepto absoluto que lo definiera, habían tenido que inventar una palabra que diera luces sobre un comportamiento que estaba en el camino de lo falso. La Guerra; ese era el caldo de cultivo del horror: una energía de polaridad negativa que siempre rondaba los territorios por habitar.

    La sustancia viscosa se mantuvo confinada en el armazón preventivo que ella supo crear en medio del caos. Era una cárcel desprolija, apenas justa para mantener el terror sometido. Hubo ocasiones en las que ese terror se filtró un poco, pero nunca había salido de la estación. Las ruinas cumplían su función de avisar cuando había una fuga. Pudo, entonces, dedicar tiempo a sus duplicados: a perfeccionarlos y detallarlos, a moldearlos y armarlos para comprender al humano. Algún día sería uno de ellos. Junto a sus creaciones descansaba el aparato de horror que absorbió, una contención destructiva que los humanos solían llamar Mina.

IV. Ruinas

Estoy sentado entre unos escombros. Por su aspecto, parecen ser remanentes de lo que alguna vez fue una estructura aledaña a la estación, aunque hay ciertos detalles que los enrarecen: sus estructuras verticales tienden a tener la curvatura de las plantas, están teñidos de un glauco brillante, su límite con la tierra parece disolverse y hacerlos uno con la montaña. Al lado están mis tres compañeros de viaje, en silencio. Esperan que me recupere un poco; me dieron agua y brandy, un cigarrillo y un poco de comida. Me cubrieron con una manta delgada que alguno de los tres tenía en su maleta. A veces rompen el silencio para tararear ese horrible mantra que Juana está cantando desde la camioneta y que se confunde con el silbido del viento, pero nada más. No han hablado entre ellos, no han comentado nada de lo que vamos hacer. Solo están ahí, como autómatas que fuman, silban… y esperan. Uno de ellos se las ha arreglado para armar una pequeña fogata que lanza chispas contra la brisa y que lucha por mantenerse encendida en medio del aire cargado de humedad; imagino que fue Pacho, pues tiene la misma distribución de piedras y hojas secas de la que estaba en su casa. Para recuperarme y mantener mi mente sana, me concentro en la pequeña llama que se mueve y siempre está a punto de apagarse, un fuego que revive cuando el viento hace pequeñas pausas para retomar su trabajo, cada vez con más fuerzas.

    Concentrarme solo sirve para darme cuenta de que mi cordura se está difuminando hasta casi desvanecerse. No han sido pocas las veces que las llamas me llevan a otro lugar del pensamiento en el que aún seguimos en la cueva de Pacho, frente a la fogata, aspirando el humo verde que sale de las ramas. Pero no es una fantasía, es una certeza. Por momentos, mis pensamientos se vuelven tan potentes que no sé diferenciarlos de la materialidad del volcán, y sé que mi cuerpo se ha desplazado a esa cueva. Sé que estoy ahí, sé que estoy aquí; no es un sueño, no es una suposición. Aún puedo diferenciar lo real de las jugadas de mi mente, y sé que estoy en ese ahí/aquí. El humo en el aire, el olor del agua aromática que Pacho hierve en la cocina, los rayos de luz, la sensación vegetal de las paredes; es evidente que nunca salí de la casa de Pacho, que todo el camino hasta la estación ha sido un mapa imaginario por el que me han guiado Pacho, Juana y Dayra. Estoy en una alucinación producida por el humo, la cueva y las luces, no hay duda. ¿Cuánto tiempo ha pasado? Seguro apenas han sido un par de minutos desde que empecé a aspirar el humo espeso de la fogata, que ya ha hecho su efecto alucinógeno. Una potencia biológica ha activado mi camino hasta la estación y la visión del terror que trepó por mi espalda. Estoy en un rito iniciático del que no me puedo desprender, voy hacia una zona sin bordes en donde mi cuerpo solo puede existir apartado de mi mente. Sí, ahí está la fogata, y no hay frío, no hay neblina. Vuelvo a sentir el olor de lo vegetal en medio de un paisaje que la visión me presenta rocoso y árido. Siento el vapor tibio del agua que hierve en mi rostro, me calienta los pulmones. El frío está en mi mente. Dentro de poco, la camioneta que nos trajo se estacionará de nuevo y me llevará a casa a cenar con mi familia. No estoy lejos, solo debo tener paciencia y encontrar la grieta que me permita entrever de nuevo la realidad: ver el armario lleno de libros, ver las paredes vegetales, el pasillo y la pequeña puerta que da a la montaña y al abismo.

Sigo ahí, sigo aquí, en ese rito chamánico en casa de Pacho. Pensándolo de esa manera, es comprensible: por eso todo lo que ha involucrado la caminata es cíclico y cada movimiento parece premeditado. No es un ascenso o un descenso, es un atravesar, una danza ritual comunitaria en la que todos participamos y en donde yo solo sigo los pasos que me permite dar una mente colectiva. Sigo la danza luminosa de Dayra. Ahora, con el cuerpo y la mente agotados por el terror de las ruinas, puedo escabullirme de la visión y encontrar en las llamas de la fogata un túnel de escape, un pasadizo, un punto de unión entre la visión y la realidad por la que repto. Esa fogata que veo ahora es lo único real, pues pertenece a ambas magnitudes, es un portal dimensional que me permite moverme entre mundos. Ahora comprendo, sé de qué se trata todo esto.

Sin embargo, basta con un parpadeo para que regrese al frío de la montaña; vuelvo a sentir el entorno, estoy sentado entre las ruinas, afuera de la estación, esperando recuperarme. Mi mente vuelve a decirme que aún puedo diferenciar lo real, y que estoy aquí. Si las ruinas fueran falsas, el frío, el olor y las sensaciones no podrían ser tan evidentes y concretas, así que despejo la idea del ritual en casa de Pacho y me concentro de nuevo en las llamas de la fogata que sigue crepitando al aire libre. La realidad es esta, es el afuera de la estación. Dejo de pensar en portales y ritos chamánicos: nada de eso es posible, son delirios producidos por el frío. Seguro lo que sufrí dentro de la estación fue un ataque de hipotermia que me tiene aún delirante. Portales. ¿Cómo se me puede ocurrir algo así? Me pregunto si hay algo en los cigarrillos que me haga pensar de esa manera. Comienzo a burlarme de mí mismo, pero entonces aparece de nuevo la idea de que las dos sensaciones no son excluyentes: puedo estar en casa de Pacho y afuera de la estación al tiempo. Me basta con imaginarlo para corroborar, en un instante de iluminación, que mi cordura se me está escapando entre los dedos, y que no importa cuál sea la realidad en la que estoy; de una u otra manera, estoy atrapado en mi mente.

Intento ponerme de pie y acercarme un poco más a la fogata, pero a mis piernas aún les cuesta sostenerme durante mucho tiempo. Puedo caminar mejor, pero lo hago en zigzags aturdidos. Dayra se acerca corriendo cuando ve mis pasos inestables; me ofrece su hombro y me apoyo ahí para seguir hacia la fogata. Basta un toque de ella para darme cuenta de que aparece una nueva visión en mi mente: ya no estoy en la montaña sino en la ciudad, después de la fiesta, apoyado en Dayra para volver a casa. Y lo que siento es absolutamente real. Tan real como lo que sentí hace poco ante la fogata, cuando supe que estaba en casa de Pacho. Y, entonces, todo lo que me ha pasado no es sino el producto de la fiesta y los demasiados tragos de chapil y el baile enloquecedor de Dayra que hacía brillar su vestido y parpadear las luces en arcoíris. Estoy aquí, después de la fiesta, caminando a casa. Me recuesto en Dayra porque mis piernas no pueden seguir el camino recto hacia mi familia, ¿o hacia la fogata? De nuevo los mundos se traspapelan, vuelven a ser uno en el doblez de la realidad. En ese caso, todo lo que ha ocurrido desde que llegué a la fiesta en casa de Juana no ha sido más que una visión producida por el trago y el baile. Sacudo la cabeza, esperando espabilarme para ver las calles de la ciudad y el camino hacia mi casa, pero veo grava y neblina: estoy en el volcán. Y, de nuevo, se siente igual de real.

Lo que me ha ocurrido desde ayer a la noche, cuando decidí hacer caso al mensaje de Juana e ir a su casa, no es más que una iteración constante de hechos que no hacen más que repetirse y doblarse y rearmarse de otra manera para que crea que el tiempo ha sucedido, aunque en realidad me encuentro en el mismo momento duplicado una y otra vez. Recuerdo haber leído algo similar en algún lugar: estamos atrapados en el tiempo y una visión demoníaca nos hace creer que seguimos avanzando y tomamos decisiones, pero en realidad estamos detenidos en un momento preciso. Era algo que se relacionaba con el libro de los Hechos de los Apóstoles en la Biblia, pero no puedo recordarlo bien, porque de nuevo las visiones me aplastan, hacen que mi percepción rechine.

Dayra se da cuenta de que no me encuentro bien, me lo hace saber con un gesto en el que alcanzo a leer algo de culpa. Se detiene y, con cuidado, me deja cerca de la fogata, apoyado en el trozo de algo que parece haber sido una columna; se aleja sin decir una sola palabra y se sienta de nuevo donde antes estaba. Cierro los ojos y siento cómo cada una de las realidades que he vivido en las últimas horas se compaginan en mi mente y aparecen en una confusión de acciones que no siguen una aparente linealidad temporal. Me recuerdo tomando el brandy en la fiesta, al tiempo que lo hago en la casa de Pacho y en el camino a la estación; escucho dentro de mí el mantra andino en el camión que nos ha traído, tocado por *Kaipimikanchi*, por el grupo de amigos en la fiesta, tarareado por Juana en medio del camino y silbado por el viento que se colaba bajo la puerta en la estación, como una vibración que nace de la profundidad de la tierra. Los momentos y los espacios se cruzan, tengo que concentrarme para no verme de manera superpuesta, sentado en la camioneta y en el sofá y en las ruinas y en la estación y en la cueva de Pacho, cada vez que abro los ojos. En cada una de esas escenas, siento la realidad palpable y absoluta de los sentidos. Todos los momentos existen sincrónicamente y en todos me veo desdibujado, difuso; son puestas en escena brillantes y nítidas, excepto por mí. Al habitarlas, en todas y cada una de ellas, vibro, titilo. Es una sensación extraña porque no me puedo ver, pero sé que, en el paso entre ellas, dejo fragmentos de imágenes en donde aparezco como un fallo dentro de la historia, una desfiguración, un glitch. Y las escenas se complejizan aún más cuando pienso en las decisiones que he tomado en cada instante habitando ese presente múltiple: todas han sido un error. También pasa en la línea de la historia que me trajo hasta aquí. Si en algo coinciden los distintos planos dimensionales que habito en simultáneo, es en que yo soy el error. Respiro hondo. Me intento convencer: esos pensamientos son vestigios del terror que acabo de vivir, esquirlas que se aferran y calan hondo en su desesperación por quedarse dentro de mi ser.

    Cierro los ojos y trato de tranquilizarme. Pacho se sienta al lado mío, me pasa una botella con un agua verdosa que tiene en la mano y espera mientras lo bebo. El líquido sabe a yerbas, tierra y azufre. Tomo un sorbo grande. La función mecánica de mi cuerpo al tragar el líquido hace que las líneas temporales se unan un poco, siento mi mente menos dividida, más cohesionada. Me concentro en las sensaciones y movimientos que han estado conmigo, acompañándome en esta travesía: latidos, cadencias, respiración, ensanchamientos, circulación, rasquiñas, ahogos. Mi cuerpo-máquina se expresa con movimientos de vida. Tomo otro sorbo lento, me concentro en él para sentir cómo se activan las papilas, la lengua, el esófago; el agua fresca baja por mi cuerpo y activa los órganos por cada zona que pasa: corazón, pulmones, estómago. El cuerpo, MI cuerpo.

Con esa nueva conciencia la superposición de imágenes empieza a desvanecerse y, al final, queda una sola: la del presente que me tiene en este lugar, ante una fogata endeble y tres personas que han dejado de hablar y ahora acompañan con sus silbidos una canción que parece salir de la tierra. Siento la presencia de Pacho a mi lado, sentado, esperando. Muevo las piernas con soltura y los brazos responden a mis órdenes. Me pregunto si mi parálisis estaba más relacionada con aquellas formas de simultaneidad en la historia y lo que viví dentro de la estación, que con el frío del volcán; aunque la verdad no me interesa la respuesta. Me preocupa más cómo gritar que me quiero ir, decirles que no aguanto más y que solo quiero bajar y volver a casa, estar de nuevo con mi familia.

Intento articular una secuencia de letras que conformen una palabra, pero de mi boca salen sonidos guturales. Solo Pacho está lo suficientemente cerca para escuchar esos rugidos casi animales. Aunque, si lo hace, no responde de ninguna manera. Ni un gesto de preocupación o de interés en lo que yo pueda estar diciendo. Desde lejos veo que Juana y Dayra no me quitan los ojos de encima. Sin escucharme, ellas seguramente me ven gesticular en una desesperación muda. Cada una reacciona a su manera: Juana contiene en la garganta una risa y rompe la sobriedad que descansa sobre los hombros de Pacho, mientras Dayra tensiona sus rasgos con una compasión maternal. En medio de la quietud del paisaje, las palabras son reemplazadas por nuestros rostros que se convierten en artificios de comunicación empática. Hay algo en la impasividad de Pacho, la ternura de Dayra, la efervescencia de Juana y en mi desesperación, que va más allá de las palabras y configura otro tipo de lenguaje. Uno no construido de conceptos; uno que no se acoge a las necesidades de la linealidad y el orden, sino a formas diversas de correspondencias. Los gestos se cruzan en medio del espacio y parecen chocarse justo encima de la fogata y producir las chispas que se vaporizan en la neblina. Pero los gestos no me son suficientes para decirles que quiero irme, que no puedo estar más ahí. Necesito de puntos de conexión para un pensamiento anclado y con peso. Sin embargo, solo puedo seguir con la mímica de la angustia. Quisiera construir una oración que me permita tejer de nuevo la posibilidad del lenguaje, pero los hilos se rompen en mí. La tela entrecruzada que había construido con Dayra hace tan solo unas horas (¿tan poco?, ¿solo unas horas?) se deshilacha y deja ver una malla llena de vacíos. La fogata sigue lanzando chispas que siguen el movimiento aleatorio del viento. Y las letras que salen de mi boca como ruido blanco tienen el mismo ritmo azaroso de esos fulgores. La desesperación de querer volver a casa añade más caos a mi intención de transmitir, gritar, exigir. Mi deseo de salir de este lugar solo se arma de letras sueltas que no se logran compaginar para convertirse en palabras. El paisaje alrededor tiene esa misma consistencia: Pacho a mi lado, Dayra sentada frente a la fogata y Juana apoyada en una ruina, cada uno con sus gestos, son imágenes sueltas que no tienen continuidad. El panorama se forma de partes, como en un museo: mis ojos recorren la escena que protagoniza cada uno, pero debo detenerme, dejar de ver y desplazarme a la siguiente; sé que en el fondo hay algo que las une y les da lógica, pero ese hilo de unión es desconocido para mí. No logro entender qué les da secuencialidad.

¿Por qué puedo construir todo esto que pasa por mi mente de manera coherente y lineal, como si nada de lo que me ocurriera en el cuerpo estuviera conectado a las palabras? Las vivencias plegadas de los diferentes nodos de existencia que acabo de habitar no hacen sino confirmar esa sensación. Ocupo la linealidad del lenguaje mientras mi cuerpo explota en la indeterminación de diferentes planos. No puedo conectar mi lenguaje con el de Dayra, Juana ni Pacho; una fuerza que se sobrepone a mi comprensión del mundo ha sido cortada y solo me permite seguir este hilo en mi mente. Después de la crisis en la estación, mi lenguaje debería estar quebrado, agrietado, lleno de fugas por las cuales escapara el sentido del mundo. Sin embargo, aquí está, aquí sigue, firme y consciente de sí mismo. Es la semilla germinal que le da sentido a lo que observo, como si el mundo de lo real apenas existiera para que esta palabra maciza pudiera describirlo.

Hay algo detrás de este lenguaje que se sigue signo tras signo y que no veo. Puedo imaginar que las palabras me hacen quien soy y son la prueba de mi presencia, pero se trata de una existencia de la cual no entiendo su función. No tienen que ver realmente con el mundo, sino con la forma en que se ordenan: su gramática interna les da un motivo para ser. Solo dan vueltas de sentido, giran sobre sí, se pisan la cola y la cabeza para ratificar su estructura. Su significado deja de importar como mensaje y se convierten en máquinas de función. Es como si fueran programación de código, solo actúan porque otras palabras las preceden y las siguen. Apartadas del sistema no tienen existencia. Sí, eso es mi lenguaje: un código que ha perdido el referente y solo se valida cuando, al ordenarse en una serie, hace que tome conciencia de su función. Soy una unidad que corre un código de lenguaje. Detrás de cada palabra expresada por mi boca hay un orden previo que ha sido pensado y construido intencionalmente, una elaborada estructura de la cual se ha decantado un sonido que pretende construir una tela de lenguaje sin roer. Quizá por eso el nodo de información del pasado en el que se ha convertido la estación de vigilancia me llenó de su horror contenido; solo a alguien que se obstinara en vivir a pesar del vacío y la fragmentación, se le podría desbordar del horror del pasado, para formatear su cuerpo y su lenguaje. Solo puedo entenderme como un mecanismo roto. Mi cuerpo, que apenas retoma sus movimientos y su autoconciencia, está acompañado por un lenguaje mecánico y vacío: un sistema de intercambio sin conexión.

Debo afrontar el presente. Estoy sentado en medio de un volcán, me vacié de toda posibilidad de lenguaje, sentido y linealidad; me volví una *tabula rasa* que espera ser llenada. Una corriente de anamnesis recorre mis venas como si fuera una nueva energía que acciona mi conciencia, ahora bajo un voltaje diferente. En mi cuerpo se condensa el frío del viento, la humedad del aire, los destellos de la fogata y la dureza de la tierra. Tengo la certeza de que todo, desde la llegada a la fiesta hasta el encierro en la estación, forma parte del ritual que me ha limpiado y que ahora está listo para acelerarse. Las líneas que requerían mi presencia en este lugar se han escrito tecla a tecla a medida que los pasos me llevaron a este momento.

Ahora, después de una purga hecha de terror y claustrofobia, mi cuerpo y mis palabras han completado un ciclo entero. Me queda este momento presente que se alza para envolverlo todo y convertirse en la única posibilidad de vida. Ni siquiera la llegada a las bocas me parece una opción viable, estoy ante un futuro totalmente cancelado.

Hay un residuo de acción al final de este presente desligado de tiempo: escapar. Me inclino hacia un costado para seguir el único instinto que me queda: el pánico de la huida considerada. Mi movimiento es torpe y continúa lo que ya habían marcado mis gestos de desesperación. En lugar de seguir el ritmo del viento y las nubes, mi cuerpo se choca contra sí mismo en su intento por volver a casa. Siento como si mis extremidades se descoyuntaran en su camino hacia un eterno y fracasado retorno al hogar. El cuerpo no responde al deseo del movimiento y me tengo que resignar a las ruinas, a una espera en donde se consuma el tiempo verdadero. Desde sus lugares, Dayra y Juana seguro vieron cómo en mi cuerpo se reflejaba la desesperación del gesto. Pero no es mucho más lo que puedo hacer ahora, solo cerrar los ojos y darme por vencido.

Con mi visión cerrada al mundo, escucho mejor lo que pasa cerca. No solo veo en mi mente una forma propia del paisaje, sino que ahí se construye un acercamiento para comprender a los otros. Escucho. Pacho suspira fuerte varias veces, como si quisiera expulsar todo el aire de sus pulmones para llenarlos de neblina. Cada inhalación lo convierte en un corazón, es un órgano de la montaña que mantiene el movimiento del aire, su cuerpo entero es un fuelle que aviva la llama enterrada en el centro del volcán, la lava late bajo nosotros gracias su aliento. Con su respiración, mi corazón y mi mente se tranquilizan, retoman la calma, la desesperación deja lugar a una grieta que permite la entrada de la luz. Abro los ojos para corroborar que él sigue siendo humano y no se ha convertido en un corazón latiente en medio de las ruinas. Veo que, en el último resuello, Pacho se inclina para tomar algo del suelo, un cuerpo minúsculo que sobresale en la inmensidad de esa tierra negra, caliente, siempre a punto de agrietarse. No veo qué es hasta que lo pone en mi mano: es una pequeña planta, escasamente un tallo que inicia su crecimiento, en la punta tiene una flor incipiente, apenas un botón; está tan cerrado que es imposible imaginar siquiera el color de la flor que iba a ser, pero ya no será.

—Martín, ¿qué ves ahí?, ¿Qué tienes en la mano?

No sé qué contestar. Quiero decirle: una planta, una mata, una falla, una flor, naturaleza, una excusa, una posibilidad de vida truncada, un color ajeno, la parte de un todo que somos, una historia, una rosa holográfica, historia botánica; pero aún las ideas no se pueden materializar en palabras tan fácilmente. Siguen siendo corrientes eléctricas en mi mente que no se articulan en la vibración de mi garganta.

— Una... —mi voz se escucha ronca, pedregosa. Como si ella también hubiera tenido que subir una montaña para salir por mi boca.

Sé que cualquier respuesta estaría inevitablemente mal. No se trata de una pregunta, es una forma de reversar mi condición de vaciamiento: Pacho me extiende la mano para llevarme por un camino a través del cual volveré a saturarme de información. Y el primer paso es una flor, es una pregunta. Prefiero imitar su movimiento: respiro fuerte y, después, niego con un gesto.

—Es maleza —dice—. Y esto que acabo de hacer, arrancarla, es depuración.

Desde la pequeña planta que ha puesto en la palma de mi mano empieza a surgir un pulso delicado, uno que late con la misma cadencia que mueve mis venas. Es una energía que me toma por sorpresa, que me enciende; no estoy seguro de si mi corazón marca el ritmo de la planta o si la planta me ha regalado un nuevo compás, pero advierto que me llena de energía; es como si, desde esa mano, se alimentara todo mi sistema.

—Sé que la mayoría de las personas hablan de la preservación de la naturaleza como si se tratara de un territorio primitivo y virgen que se debe conservar intacto; como si fuera un espacio sin historia y, por lo tanto, sin futuro. Vos no me vengas con las ideas tranquilizadoras de que la naturaleza es la representación de dios, que no tenemos que moverla o que transformarla para seguir en un orden primario —continúa—. Ese equilibrio nunca existió. Estamos en un constante cambio que no hace más que ratificar que vivimos en un presente donde la armonía es menos que un fantasma.

La energía que me da la planta no disminuye; por el contrario, parece aumentar a medida que se disemina por mi cuerpo. No entiendo cómo un objeto tan pequeño puede contener dentro de sí tanto poder, pero me alegra que Pacho la haya puesto en mi mano. Me siento capaz de hablar, de moverme. Algo en la conexión que he establecido con ella me recarga.

—Lo que consigamos hoy será apenas un equilibrio estable y temporal: durará lo que tarde el establecimiento de una nueva estructura y, por lo tanto, un nuevo equilibrio. Si sumamos la cantidad de veces en las que se arma una nueva naturaleza, deberíamos entender que lo estable es una idea que construimos en nuestra mente, pero que no tiene correspondencia en la realidad. Por eso debemos depurar todo el tiempo; mover, cambiar, transformarnos con el paisaje.

Una fuerza me recorre por completo, circula por mi cuerpo y sigue su camino hacia la tierra y el aire. No es solo una corriente que se cierra sobre mí, es una que me conecta con los elementos, con la tierra que me sostiene, con el volcán. Hay algo en ese poder que me rebosa, que sale de mi cuerpo y me convierte en la montaña. Soy una red, contengo en mí a quienes me contienen.

—¿Sabes por qué no podemos dejar de transformar, de reconstruir el entorno con nuestras manos? Porque caminamos sobre la prueba de que siempre hay fallas en la realidad. El equilibrio nunca es completo. Tendríamos que desaparecer en el instante en que logremos desarrollar un balance absoluto en todos los aspectos: la perfección requiere la eliminación de la historia. No habría un antes o un después. La perfección es estática, fija.

Sé que este es el inicio de un nuevo proceso. Tuve que atravesar lo que sintieron los soldados en la estación para también dejar allí, en ese espacio, mi terror. Parte de mí se ha quedado en ese lugar y después, ya limpio, he estado llenando esa oquedad en la que me había convertido.

—Siempre hay fallas constantes que deben ser corregidas hasta que cambie el sistema; una vez se modifiquen sus bases primordiales, será algo completamente diferente, y ahí nuestro rol será volver a escanear y buscar fallas. La norma de un sistema, lo que le da sustancia de realidad, es lo falible, la entropía, no el equilibrio. Vivimos en una naturaleza armada de errores; somos una falla más en su interior.

—Una falla —repito y, al hacerlo, elijo esa respuesta de las muchas opciones que tenía en mi mente cuando él puso el tallo en mi mano. Esa flor aún no abierta es una falla, igual que yo. Igual que cada uno de nosotros.

—Vas recuperando la articulación —susurra al aire, luego de ver que logro hilar dos palabras. Sonríe y me da un par de palmadas amistosas en el hombro; recoge un puñado de piedras del suelo y continúa—; creo que ahora puedes entender mejor qué le pasa a esta madre que nos acuna.

No le vengas con cuentos de la Pacha Mama —interrumpe Juana desde lejos. Ha estado escuchando todo y, al igual que ocurrió con la risa contenida, sus palabras atraviesan el ambiente para alivianar la tensión de un aire que se densifica—. Cuidado con lo que dice, Martín; no creas en todo lo que habla —Juana clava su mirada en Pacho, como si pudiera leer cuál será la próxima oración que va a decir—. No es el momento de tus teorías mezcladas con esa ciencia mística que terminaste inventando.

Los dos se atraviesan mutuamente con sus ojos; sus miradas tienen una consistencia casi material; si volvieran a nacer hilos de lenguaje de las bocas, seguro tendrían el poder de cortarlos en mil partes, hasta deshacerlos. En mi mente la voz de Pacho y de Juana se mezclan. A pesar de la diferencia de sus tonos, cuando las oraciones entran en mi cabeza se vuelven una misma amalgama. Al mismo tiempo todo parece conectarse y perder sentido. Al igual que ocurrió con las imágenes en mi mente, las palabras se superponen. Cuando lo hacen, las opciones de interpretación explotan en mi mente, todas al tiempo. Desde las más absurdas y primarias, hasta las que saltan entre conceptos del tiempo y la vida.

—Igual tranquilo, Martín —cierra Juana, sin quitar de encima los ojos de Pacho—. No te va a soltar uno de esos discursos de energías que se mueven al interior de las montañas y de nuestra relación con la madre naturaleza. Yo sí creo que la naturaleza es nuestra madre, pero ¿has visto una relación familiar que no sea disfuncional? —Juana suelta una risotada seca que rebota sobre el aire hueco produciendo un eco— Ya falta nada para que los montañistas new age empiecen a cobrar o a pagar por hacer constelaciones familiares o terapia psicoanalítica por sus problemas con la Pacha Mama.

Cuando Juana termina, Pacho se queda un tiempo más con la mirada fija en ella. Mientras tanto, guardo la flor no nacida en un bolsillo del pantalón. Dayra, que ha estado en su lugar, mirando al horizonte, casi desconectada, se levanta para mover las ramas de la fogata que está a punto de apagarse. Más que moverse como si realizara una acción cotidiana, baila mientras revive la llama. Se rompe el hechizo que mantiene a Pacho y a Dayra unidos por la mirada, y giran sus ojos hacia ella: la observan como si estuvieran descubriendo algo nuevo. Tal como ocurrió en la fiesta, veo el cuerpo de Dayra convertirse en un haz de luz, su vestido se ilumina y suena gracias a los pequeños sonajeros que cuelgan de los tobillos. El baile de Dayra explota en un destello y siento que el suelo se mueve en un temblor leve y firme. Escucho de nuevo la tonada que han estado tarareando todo el día. Para este momento no estoy seguro de si es Dayra quien silba, si es el viento hablando a mi oído o si es la música que sale de las grietas del volcán. Ya no me importa. Al volver la vista, veo el cuerpo de Pacho a mi lado, parece estar flotando sobre los demás, se alza como un maestro de ceremonias, con la espalda recta y una actitud contemplativa. Ha dejado atrás el desacuerdo con Juana y el baile de Dayra, está decidido a contar su versión de lo que ocurre.

—Estamos aquí para depurar—sigue—. No a nosotros, sino al sistema. Seguro entiendes, es algo similar al *debugging*. No me mires extraño, tengo suficiente tiempo libre para haber leído también sobre programación; que esté internado en el páramo no significa que solo lea sobre mitología, botánica, indigenismo y ecología. Sé... sabemos que puedes ayudarnos con esto. Tienes una perspectiva especial porque has estado fuera, en el exterior del ambiente. No estamos hablando de que conozcas cómo se realiza la escritura de código, sino que puedes señalar algunas cosas que nosotros no logramos ver porque ya estamos familiarizados a la naturaleza de la estructura. Sabemos que hay algo que está por fuera del sistema del volcán, pero no lo conocemos. Es una forma comprensión del mundo que al mismo tiempo delimita y modifica a la montaña. No hemos estado afuera de este sistema montañoso, así que necesitamos una mirada doble, de quien está al mismo tiempo afuera y adentro. No necesitamos datos, sino una conexión empática, inefable. Un punto de vista.

—¿Código?, ¿aquí?, ¿cómo...? — Ya articulo palabras, pero aún no puedo conectarlas en un sentido lógico que permita la secuencia de una oración. Voy paso a paso. Escuchando a Pacho, me doy cuenta de que todo lo que había supuesto en medio del ascenso (descenso) a las bocas estaba totalmente fuera de lugar: las ideas de la naturaleza como un lugar que habitamos, como una extensión de nosotros, no tienen nada que ver con lo que está ocurriendo. Había iniciado este viaje pensando que tenía una ruta por transitar en medio de espacios sagrados, que mi relación con el paisaje estaba mediada capa por capa por una experiencia que me llevaba a mis orígenes, pero mi presencia hace parte de un proyecto en el que me incluyeron sin que yo lo haya pedido.

—Piensa en esa rama que te acabo de dar, la que acabas de guardar en el bolsillo. Si en este momento bajamos a la ciudad y se la muestras a cualquier persona que conozca algo del campo, te dirá que es maleza: una planta que crece sin cuidados y que generalmente tiene la capacidad de dispersarse rápidamente. Quitar la maleza permite limpiar la tierra para que las plantas funcionales puedan crecer mejor; es decir, para que la energía del alimento se concentre en ellas para tener mejores flores o frutos. Quitar la maleza es depurar, es hacer que el sistema sea mucho más funcional, que llegue a mejores resultados, optimiza el proceso. Así como en la escritura de programación quitas *bugs* que ralentizan el funcionamiento de las aplicaciones, limpiar la tierra mantiene activa la energía, dinamiza los procesos que están implícitos dentro de un volcán como este…

—Por eso eres guardabosques —lo interrumpo. La energía de la planta que está en el bolsillo sigue actuando sobre mí. Me nutre, ya me permite asentar afirmaciones complejas. Mi lenguaje vuelve a rearmarse, a levantarse desde cero. Recuerdo que, según Juana, en la fiesta yo repetía que se me había roto el lenguaje. Si eso era cierto, ahora empieza caminar por sí mismo, totalmente sano. Mientras hablo, veo cómo un hilo delgado y colorido surge desde mi boca y sale volando con el viento.

—Sí, claro. Siguiendo esa comparación, es más o menos lo que hago: vigilo que las cosas funcionen como deben funcionar. Un guardabosques mantiene el ecosistema, es alguien que no solo asegura un territorio, sino que lo ayuda a crecer —algo en su mirada parece irse al pasado, como si la nostalgia lo atravesara en un recuerdo—. Le da vida.

Nunca había imaginado a Pacho como alguien que viera la vida de esa forma. Ahora, sin el escudo de mutismo que me ofreció y que cargó durante la subida, muestra una cara totalmente diferente. Eufórica, exultante. Es como si toda su vida dependiera de las palabras que me lanza al rostro, como si fuera la noticia del descubrimiento de un nuevo planeta. Como si todo lo que había hecho hasta ahora se concentrara en el presente, en acciones que solo son funcionales como parte del intercambio en esta conversación.

—El asunto aquí es que, si bien la analogía funciona, naturaleza y programación no son lo mismo; estamos ante algo mucho más complejo. Piensa de nuevo en la maleza: no es algo malo en sí, sino que depende del sistema en el cual está inscrita: lo que aquí es una planta que se considera que no ayuda a este sistema de siembra, en otro puede llegar a ser útil y ayudar a que la energía fluya. Verla como algo malo depende, por ejemplo, de que tome para sí alimento que debería servir para plantas más funcionales. Pero ¿qué pasa si en otro sistema esa misma planta ayuda de otras maneras? Dando sombra, ahuyentando una plaga con su olor o sintetizando la clorofila de una manera especial para que sea más aprovechable para un tipo de insecto. Entonces, sin cambiar su esencia, su materialidad o su constitución, deja de ser maleza y se convierte en algo que ayuda al entorno; se integra al ecosistema como algo lógico. Quizá si llevas esta misma planta que tienes en tu bolsillo a otra ciudad de otro país y se la muestras a alguien que conozca de botánica, puede reconocerla como un elemento medicinal o un fármaco.

—¿Y qué sería depurar el sistema?

—Solo hay que desplazar los conceptos, Martín. Si pensamos en un *debugging* del volcán, no solo debemos quitar la maleza, sino también resituar elementos que rearmen su estructura. Es una de las mejores formas para ayudar a la optimización del ecosistema. No podemos borrar líneas de código cuando hablamos de la realidad materialidad de la naturaleza.

Lo escucho atentamente, pero lo que acaba de decir es absurdo. Si una línea de programación que ha resultado corrupta por la inyección de código basura, se guardara para usarse en otro sistema o para armar con ella un nuevo programa, ese nuevo programa sería una colcha de retazos llena de parches sin sentido. Era lo primero que se aprendía al momento de hacer una depuración de los sistemas: es necesario la reescritura de la línea corrupta para que vuelva a su estado de función. No sé qué gesto hago, pero inmediatamente Pacho reacciona ante mi desaprobación.

—No es tan fácil de comprender como crees. Estamos en una estructura mucho más compleja de la que se suele manejar en cibernética. La forma clásica de entender la computación es a través de los sistemas cerrados: el input del usuario que ingresa desde afuera permite que se corra un código según unas condiciones establecidas. Esa estructura no se transforma cuando entra el input del usuario. Lo que se produce es una reacción específica dentro de una serie de resultados esperados. Lo inesperado es el error, el colapso del sistema. La estructura está pensada para que haya una fluidez de información interna que no haga colapsar todo. En cambio, la naturaleza se piensa hacia afuera, es abierta; es un sistema que no busca la estabilidad energética y la regulación del flujo, sino su proliferación, el cambio mismo de la estructura. Tienes que abrir la mente, dejar de pensar desde los sistemas cerrados tradicionales; la maleza no es como nos enseñaron a imaginarla en la parábola bíblica, ¿recuerdas?

—Cayó en tierra fructífera y...

—No, esa es la parábola de la semilla, la de la maleza es menos conocida. La historia más o menos cuenta que alguien siembra maíz y un vecino, lleno de envidia, siembra maleza al lado; cuando sugieren arrancarla inmediatamente, el dueño dice que, para no correr el riesgo de dañar el maíz, es mejor dejar que ambas plantas crezcan y ya grandes separarlas: quemar la maleza y guardar el maíz. Y ahí termina la historia. Después, en el evangelio Jesús habla sobre el fin del mundo, hace una analogía entre la maleza y los demonios. Esa parábola le servía al cristianismo para sustentar la idea de una dualidad absoluta entre lo bueno y lo malo. Pero ¿qué pasa si la maleza ayuda de alguna forma?, ¿qué si la relación con el maíz sale de la idea del beneficio o el perjuicio, sino que se abre una nueva forma de correspondencia? Porque si en realidad la maleza perjudicara la cosecha, el maíz ni siquiera tendría oportunidad de crecer.

—¿Y eso qué tiene que ver con sistemas abiertos y cerrados?

La idea es poder salir de la idea de que las relaciones que tenemos con aquello que nos rodea se defina necesariamente por lo bueno o lo malo. Si le quitas la carga moral a la parábola hay una propuesta sistémica de fondo: se ayuda o se perjudica al maíz, no hay una tercera opción, es una forma de falso dilema. En los sistemas que se nombran como abiertos la forma de pensar las interacciones están más acordes a la configuración de una lógica difusa, donde la validez de la verdad no es una sola, sino que abarca un espectro amplio de posibilidades; ahí lo verdadero es múltiple, no único.

Es necesario depurar prestando atención a esas formas de relación en las que no necesariamente estemos incluidos nosotros como quienes nos beneficiamos de esos vínculos. Si pensamos el volcán y la planta en tu bolsillo y la estación de vigilancia, todo esto como un sistema, no se trata de que pongamos inputs con los cuales obtendremos una respuesta prefabricada. La idea es ver si podemos transformar el sistema al depurar desde una lógica difusa que ya no se basa en la idea de bueno y malo, de beneficio y perjuicio.

Las palabras de Pacho no explican qué hago aquí, afuera de esta estación de vigilancia, en medio del frío y la neblina. Lo único que me queda claro es que mi presencia en este lugar no es fortuita, no es una casualidad. Me estuvieron manejando todo este tiempo. De nuevo, en mi mente empieza a formarse lentamente la idea de que todo tiene que ver con la noche anterior, que echaron algo en mi bebida de chapil. La mente paranoica se empieza a encender y a conectar todo desde el pavor. Pero tan rápido como el terror se intenta materializar, desaparece.

La imaginación del horror esta vez ha funcionado diferente. Es como si el miedo ya no tuviera un espacio posible después de la depuración en la estación de vigilancia. No tiene un lugar donde asirse, ni una superficie para sostenerse. Al huir, el pánico va dejando un rastro que borran con facilidad las palabras que me ofrece Pacho, explicaciones que me parecen cada vez más fáciles de aceptar. Lo absurdo se convierte en probable. La tranquilidad de saberme libre del pánico me da aún más fuerza.

Veo a Pacho, a Dayra y a Juana sentados en las ruinas. También me veo por fuera de mi propia mente. Y, sin hablar, reaparecen los hilos de colores que nos conectan. Surgen de las plantas de nuestros pies, de nuestros brazos y narices; salen de entrepiernas, de codos y frentes. Son ovillos de lana o telas de arañas constructoras, producimos líneas de colores que nos rodean y nos cubren, que crean una cúpula bajo la cual nos resguardamos de lo que significa el terror de la estación. Las ruinas se convierten en una zona de seguridad en la que somos una colectividad. Formo parte de un sistema: tengo dentro de mí un poco del impulso energético de Juana, de la compasión cuidadosa de Dayra, de la lógica de Pacho. Y ellos tienen vestigios de una obsesión que les comparto. Al vaciarme de lenguaje, cuerpo y sentido, solo es posible llenarme de nuevo a partir de los otros, de sus cuerpos, sus emociones, sus miradas. Soy un sujeto red, una compilación de seres que a la vez configuran la parte y el todo de este conjunto heterogéneo devenido en uno. Soy consciente, además, de que este conjunto es parte de algo más: parte de las rocas y las ruinas, del magma y la ceniza que flota en el aire, del olor a azufre y el viento húmedo. El paisaje como sujeto, el volcán como entidad y nosotros como parte de ese todo, de esa compilación de vínculos.

—¿Qué debo hacer?

—¿Estás dispuesto a depurar, Martín? Puede ser un poco complejo para vos.

—Dale, te escucho —aunque no tengo más opciones, asiento con la certeza de hacer lo correcto. En la estación de vigilancia se han ido partes de mi pasado, las imágenes de mi familia y la cena por venir se desvanecen y, en su lugar, queda el paisaje del volcán, los caminos y las rocas, los frailejones vistos desde arriba en la casa de Pacho, las bocas del volcán regurgitando lava. Aquí me espera una vida. No bajaré de nuevo a la ciudad.

No volveré a ver a los míos. O, más bien, los míos son ahora esta unidad en la que nos entretejemos con la montaña.

—Quiero que entiendas algo—Pacho habla lento ahora, cuidando que entienda cada palabra que pronuncia—: el comienzo del desbalance fue la estación. Los soldados, atrapados por la paranoia y el miedo, decidieron poner las minas, y al hacerlo, abrieron puntos clave que transformaron la naturaleza misma porque estaban cargados de una violencia que nunca se había sentido en este territorio. Y esa violencia fue contenida en las minas; el odio encontró en las máquinas un lugar que habitar. Antes de ese momento, lo único maquínico que había sido ingresado en el páramo alto había sido la antena del Instituto de Vulcanología que cuidaban los militares. En 1988, después de la instalación, la actividad volcánica aumentó exponencialmente con relación a los años pasados. Algo había pasado en la montaña, pero nadie comentó nada, nadie quiso sacar conclusiones. Los científicos hablaron de una "reactivación", pero no buscaron más allá; dijeron que era algo natural, ciclos que se cumplían cada tanto. Se limitaron a medir las emisiones de ceniza y de material volcánico y a relacionarlo con datos pasados. Todo hubiera sido un estudio de caso si años después no hubiera ocurrido la primera hibridación, un sacrificio de la lava.

—¿Un sacrificio de lava?

— Los vulcanólogos.

Escuché sobre eso en mi infancia. Fue un suceso conocido por todos en la ciudad, se había vuelto, incluso, una leyenda local. Era una sombra negra que se extendía sobre la historia reciente del volcán y de la ciudad. Años atrás se había observado el inicio de una reactivación magmática, la aparición de temblores inusuales y un comportamiento que no se podía comprender con los parámetros históricos de la montaña. Esto había llamado la atención de un grupo de científicos que, al encontrar esta conducta anormal y fuera de los parámetros, comunicaron su descubrimiento. Con estos datos, una red internacional de vulcanólogos convenció a un conjunto de universidades con las que trabajaban de realizar un congreso en la ciudad al pie del volcán. Aprovecharían para poner a prueba algunas de las teorías que estaban solo en papel y que podrían corroborar con un ascenso al cráter y una toma de muestras. Era el momento y el lugar ideal para hacerlo. Bajarían a las bocas para recoger muestras de gases y materia volcánica; querían analizar *in situ* un cráter anómalo que en todas las ponencias no dudaban en describir como imprevisible. A pesar de las advertencias que les hicieron los campesinos que vivían en las faldas, quienes les dijeron que era mejor no molestar a un "león dormido", unos catorce participantes decidieron ir más allá de la antena, subir a la cima y después bajar a las bocas del volcán. Cuando varios se encontraban en el borde del cráter, se produjo una erupción suficientemente grande para que muriera la mitad de quienes estaban ahí; la mayoría cayó dentro del volcán. Las noticias del momento contaron que se encontraron cadáveres alrededor del cráter, que algunos cuerpos desaparecieron, y que a otros vulcanólogos los flujos piroclásticos les quemaron parte del cuerpo e incluso a uno las tefras le quebraron las piernas dejándole el hueso expuesto. Las historias populares señalaron que eso había pasado por no hacer caso a los campesinos que sabían leer la montaña mejor que los vulcanólogos. Los científicos trataron de explicar ese accidente excusando temblores de tornillo que no habían sido reportados o que no entendieron como peligrosos. Lo cierto fue que la fumarola se vio desde kilómetros a la redonda y que, poco después, el presidente de la época hizo un reconocimiento del desastre en helicóptero para ver lo que había ocurrido. Se decía que, cuando vio todo desde el aire, había ordenado lanzar bolsas enteras llenas de estampas de la virgen para calmar la furia del volcán.

—La tragedia de los vulcanólogos no fue algo fortuito —continua Pacho—. Estoy seguro de que fue una especie de compensación...

—No empieces con esas teorías, aún no es hora —lo corta Juana, acercándose y señalando a Pacho con un dedo—. Ya sabemos a dónde nos lleva eso —y después se dirige hacia mí—; tienes que entender, Martín, que han sido muchos años solo en el volcán. Los humanos somos gregarios, estamos acostumbrados a una comunicación con otros seres de nuestra especie. Aún no logramos desarrollar una forma eficiente de comunicarnos con el entorno de manera que...

—Soy el que ha comprendido y escuchado desde este lugar, quien ha puesto a prueba sus órganos suplentes y quien conoce mejor el territorio y la historia —la voz de Pacho empieza a volverse más dura y fuerte a medida que le responde a Juana—. Sé de lo que hablo.

—Pacho, aún no puede comprender lo que somos, recuerda: tenemos límites, hay ciertos umbrales que no puedes atravesar. Espera que lleguemos al cráter.

No entiendo el intercambio absurdo de esa discusión. Órganos suplentes, umbrales, comunicación. Pacho parece ponerse nervioso y ansioso; empieza a alzar la voz y agitar las manos. Tal vez teme que todo lo que había planeado salga mal. ¿O todo lo que me explica tiene más de suposición que de observación atenta? Juana mantiene el control de la situación, habla bajo y apoya su mano suavemente sobre el hombro de Pacho. Sé que siguen discutiendo porque, mientras hablan, no pueden quitarse los ojos de encima y porque Pacho se ve tensionado y rígido, pero ya no logro escuchar lo que dicen. Quizá basta que aparezca un dejo de violencia en las palabras para que mi cuerpo se blinde contra ellas; quizá es el mismo volcán quien no quiere que escuche e intensifica el ruido blanco que produce el viento al entrar a mis oídos; quizá inconscientemente he decidido no escucharlos y reacciono ante esa resolución. Aunque mi mente confundida me susurra: mi sordera temporal tiene algo que ver con Dayra. Desde lejos ella observa la escena concentrada, su puño izquierdo está cerrado con fuerza, como si apretara algo, como conteniendo contra su cuerpo las palabras que ya no puedo escuchar. Sin abrir su puño, se levanta y se para en medio de Juana y de Pacho. Silenciosa, abraza primero a Juana y después a Pacho, con la entrega absoluta que puede dar en el acto de estrechar a sus compañeros, crea un silencio calmo entre los dos. Después, cierra los ojos y hace una pequeña reverencia, como pidiendo disculpas a cada uno; al terminar de hacerlo, abre su puño y el sonido regresa.

Dayra lleva a Juana junto a la fogata y acaricia lento su brazo, como pidiendo paciencia. Pacho sigue de pie a mi lado, tiene el rostro enrojecido y los ojos inyectados de lágrimas. Algo se ha roto en su discurso y cada vez me es más difícil seguirlo en sus ideas.

—Como decía, el sacrificio fue una especie de compensación por la transformación de la naturaleza con la aparición de la antena —noto un pequeño tic en Pacho: de vez en cuando inclina su cabeza y se rasca la parte de atrás del cuello—. Cuando la instalaron, la única tecnología de comunicación se remitía a bandas cortas y esa fue la primera vez que se puso en el volcán una antena tan potente. Era algo nuevo en estos lugares, no se había visto algo similar en esta zona del páramo. He estado lo suficiente acá en el volcán para entender lo que causa la entrada de un nuevo elemento en el sistema: se generan cambios en el suelo, en cómo se expande el magma, en la forma como huelen los gases. Los cambios del sistema de la montaña me enseñaron a interpretarla desde otro lugar, a pensar la montaña desde la depuración. Lo de los vulcanólogos fue una reacción instintiva y primitiva por parte del volcán, una petición de sangre como solución ante la intrusión de algo foráneo.

—¿Cómo puede un volcán pedir sangre? —grita desde lejos Juana.

Pacho no me quita los ojos de encima, aparenta que no ha escuchado a Juana y sigue su idea. Su teoría empieza a craquelarse y a llegar a conclusiones cada vez menos coherentes.

—Escucha Martín, es la misma lógica bajo la cual funcionan los glóbulos blancos y el sistema de defensa del cuerpo: si algo externo entra, hay que eliminarlo; es violencia biológica pura, como un acto de venganza natural. Como si fuéramos virus o parásitos que deben ser extinguidos. El volcán decidió acabar con las personas que habían introducido las antenas y las máquinas. Créeme, la montaña no distingue fácilmente a un ingeniero de un campesino, o de un vulcanólogo. Seguro nos ve como… no sé… pequeñas esferas de energía.

No sé cómo responder. Pacho sigue soltando ideas que se entrecruzan con teorías médicas, historia del volcán, antenas y sacrificios. Su mirada se clava sobre mí cuando se calla.

—El volcán... —es poco lo que he logrado entender. Así que suelto lo primero que me viene a la mente—: ¿dices que tiene consciencia?

—No creo que el volcán piense o que tenga poder de elección. O bueno, al menos no como nosotros lo concebimos.

—Pero dices que exige, que decide...

—Lo que hace a la montaña existente es su capacidad de sentir, no que sea un sujeto o un objeto. La cuestión es que, si bien la reacción inicial de la montaña fue entender que debía haber un sacrificio vital, como una forma de venganza, las cosas evolucionaron de otra manera. Y su comportamiento cambió radicalmente cuando los soldados pusieron las minas. Se modificaron los ritmos del movimiento telúrico, aparecieron nuevas plantas en sectores donde antes solo había rocas, el suelo Martín, el suelo: cambió de color. A veces se puede ver naranja aún de día, como si brillara, como si con ese color quisiera decirme algo, hablarme con la escala cromática.

Sin darme cuenta, me he apretado contra la ruina sobre la que estoy apoyado. Juana y Dayra observan la escena sin moverse, no parecen preocupadas, es como si solo esperaran el desenlace de la charla. Pacho empieza a causarme un poco de temor.

—A partir de ese momento, creo, el volcán comprendió la lógica de la comunicación y se hibridizó con las máquinas, se comunicó con otras antenas de repetición que le permitieron crear una red de complejidad. Es la configuración de la lógica difusa de la que te hablé. ¿Viste? Fue eso lo mantuvo equilibrado por un tiempo, porque empezó a concebirse como parte de un todo más grande, algo que presuponía lo general y no lo particular.

—¿Cómo lo sabes? —solo quiero buscar una forma regular detrás de todo su discurso. Quiero saber de dónde salen esas conexiones inusuales y paradójicas. Con todo lo que dice ha ido rompiendo mi forma causal de comprensión del mundo—, ¿es por una simple observación botánica?, ¿es por una intuición?, ¿alguien te lo ha dicho?, ¿el volcán te habla?

—La respuesta a eso... tiene demasiadas aristas; por ahora —me toma de los hombros y se acerca tanto que puedo sentir su respiración en mi rostro—, escucha y confía en mí. El problema con las minas es que todavía hay muchas que aún siguen enterradas y en ningún mapa está marcada su ubicación. Si el volcán sigue las mismas dinámicas de inmunización que tuvo con la antena, ha tenido décadas para fusionarse con las minas y no sabemos qué puede llegar a suceder —su rostro sigue enrojecido, los ojos parecen no observar a ningún punto fijo—. Estamos ante posibles explosiones de minas antipersona que, sumadas a lo imprevisible del volcán y a la red de antenas de comunicación, nos obliga a hacer algo para evitar que el volcán se convierta en un peligro para todos. El *debugging* tiene que ver con esas minas, con la posibilidad de que el volcán las haya incorporado a su organismo.

Me aprieto un poco más contra el trozo de pared que me sostiene. Pacho se queda callado después de esa larga explicación, respira agitado. En su rostro se empieza a armar una sonrisa que oscila entre la felicidad y el frenesí. Estoy paralizado. Solo puedo quitarle a Pacho sus manos de mis hombros cuando escucho las piedras del suelo chocarse por los pasos que Dayra y Juana dan al acercarse despacio hacia nosotros. Cuando al fin llegan, Pacho respira profundo, mucho más tranquilo: la presencia de ellas neutraliza su euforia desaforada y transforma la risa en un llanto de desahogo. Pacho llora desconsoladamente en el hombro de Dayra, mientras Juana lo consuela con algunos golpes suaves en la espalda. Al verles, un par de lágrimas también se asoman a mis ojos. Sé que la explicación de Pacho pertenece a un mundo donde las normas de la realidad no tienen un peso específico o quizá son normas de otra forma de lo real que habito pero que he decidido no ver. Sin embargo, cuando están los tres juntos, todo parece ocupar el lugar correcto.

Desde que salimos de la cueva, ellos se han convertido en un sistema que fluye al unirse y cae en corrupción cuando se divide. Mis músculos y mi piel me alientan a acercarme, me invitan a que su energía me recorra; deseo ser algo más que mi individualidad. Con los tres cerca, el temor por las palabras incoherentes de Pacho y su actitud errante se deshace en mi pecho. En su lugar aparece una sospecha: es un intento por comprenderlo, por entender su mente.

—Cada uno cumple su papel a su manera. Esta era la forma en la que él se debía desconfigurar —dice Dayra, viéndome sobre el hombro de Pacho.

—Pero lo que dijo: el sacrificio, las minas, la depuración, la maleza. Tenía razón en algunas cosas, pero en un sentido bizarro e ilógico —la semilla por intentar comprenderlo ha eclosionado y crece naturalmente.

—La única forma en que entiendas bien es seguir nuestro camino —dice Juana, que deja de atender a Pacho y alarga su brazo para ayudarme a levantar.

—¿Tenemos que ascender al cráter? —les pregunto.

—Y descender a las bocas —completa Dayra.

Acepto la ayuda de Juana y levanto del suelo mi cuerpo vaciado. Nos limpiamos y buscamos nuestras maletas.

Después de que Pacho se limpia las lágrimas que le quedan en el rostro con la manga de su saco le pido un cigarrillo y algo para encenderlo. Lo aspiro hondo, la lumbre se ilumina por debajo de la neblina. La cáscara de mi cuerpo está llena de humo azul, del aire de las plantas que nacen en este suelo árido y que se convierten en un fármaco para el frío gélido del viento, para la presión de la altura, para el golpe del cansancio. Ellos empiezan los preparativos para reiniciar nuestra caminata y yo no puedo dejar de pensar en las palabras de Pacho sobre la maleza, sobre la planta mala que debe depurarse, cambiarse de sistema. ¿Y si para él los sacrificios de los vulcanólogos debía hacerse porque eran maleza? Mis preguntas desaparecen apenas llegan a ser concebidas; contra mi incredulidad se alza, monolítica, la visión violenta y la sensación terrorífica de la montaña que sentí apenas llegué a la cueva de Pacho. Falta poco para el atardecer.

Al terminar el cigarrillo, boto lo que queda de papel de arroz contra el suelo y lo piso. Las piedras crujen bajo mi zapato. Juana mueve las ramas para apagar la fogata que se ha mantenido milagrosamente encendida. Dayra se acerca y me abraza fuerte. Su cuerpo está tibio, se siente como un hogar. Pacho se dedica a recitar algunas palabras en voz baja mientras Juana se ocupa en llamarnos para reunirnos de nuevo, esta vez como un todo, los cuatro.

—Retomemos el camino —dice Juana.

Miro el suelo lleno de las piedras pequeñas que son todo el panorama a esta altura. Pongo mis palmas sobre ellas y las pienso como escamas de un ser inmenso y mitológico. Estoy de pie sobre la piel rugosa de un ente colosal y formidable, un organismo que no puedo llegar siquiera a imaginar. Si esta enorme masa colisionada de placas tectónicas en realidad puede tomar decisiones y fusionarse con objetos tecnológicos, ¿qué soy yo en este lugar?, ¿qué puedo hacer para intervenir en el deseo de una entidad como esta? Aún no tengo idea de cuál puede ser mi poder de intervención sobre este mundo. Ahora, vaciado de terror, lleno del humo del volcán que he aspirado en los cigarrillos y con un nuevo uso del lenguaje existente, estoy listo. Decido entregarle mi vida a este grupo, a este cuerpo extendido con el que tejo lazos. Ya me siento, al fin, parte del volcán.

(2004)

Dos cuerpos de pie en su interior. Las máquinas de carne magmática ya tenían sus entrañas activadas. Las corrientes fluían. Las capas se fusionaban. Los órganos acoplados se comunicaban con su entorno. Ella ya se había desgarrado nuevamente de su ser, ahora dos veces, y se encontraba dentro de ellos. Su visión era más amplia y precisa. Miraba a través de los ojos maquínicos, pero no podía dejar que ellos lo hicieran a través de los suyos: la estructura humana no estaba armada para esa forma de percepción. El cerebro, un lento procesador en el que primaba la captación de imágenes y sonidos, se fundiría con un solo segundo dentro de ella. Sin embargo, dejó pequeños canales de comunicación desde de los cuales pudieran mantener el contacto. A través de ellos les transmitió un saber, los llenó con parte de la información que ella había recibido durante tanto tiempo.

Seguro era doloroso para ellos, como lo había sido para ella. Sintió su agonía como propia, pero no por eso dejó de inyectarles lo que consideraba necesario, debía seguir el proceso para que, en algún momento, los homúnculos salieran.

Pudo sentir cómo la mancha negra de la violencia luchaba por brotar en uno de ellos, pero a pesar de su intensidad, seguía contenida dentro del cuerpo. Había hecho un buen trabajo: la inoculación del terror y de la guerra había empezado su proceso de hibridación con lo humano. El magma hirviente y la sustancia viscosa estaban en proceso de aleación; el humano maquínico adoptaba una nueva síntesis plasmática y la amansaba hasta volverla productiva. Sabía que ocurriría eso en algún punto.

Cuando los duplicados absorbieron la suficiente información para tener autonomía, los guio hacia su grieta mayor. Subió con ellos a través de sus ojos: estaba de nuevo en el lugar donde capturó por primera vez a una de las esferas. Aquel día de odio había culpado a los humanos por haberla despertado, por haberla hecho carne a través del dolor; había querido tragarlos y masticarlos con la ira que habían introducido en su ser. Y ahora, después de haber abierto la máquina y haber entendido su fragilidad, todas esas sensaciones habían dado lugar a una profunda tristeza. Una lástima espesa. Los humanos eran pobres seres minúsculos que iban ciegos y sordos por el mundo sin siquiera leerse a sí mismos. Sus endebles maquinarias los habían llevado a una desesperación de vacío tan opresiva que se dejaron infectar por el lenguaje; abstraídos por esa nueva oportunidad que los poseía, se entregaron sin ofrecer resistencia.

Creyeron que el virus era parte de ellos y olvidaron su externalidad. No se dieron cuenta de que solo eran máquinas que le servían al lenguaje para perpetuarse y sembrar ese fruto que florecía en toda su crueldad de artificio: el miedo, el terror, la guerra. El mismo virus se había encargado de modificar la materia humana para cerrar los sentidos que le permitían comunicarse con otros entes; tal vez frailejones, miranchuros y ópalos seguían intentando una correlación efectiva, pero los humanos habían dejado de responder. Habían llegado a ese estado lamentable al seguir el camino que un parásito había marcado para ellos, uno que creyeron autónomo. Ella no tenía nada que perdonarles: el odio había dado paso a una urgencia de entendimiento y amparo.

Eso, también, había eliminado el dolor.

A través del azufre, la ceniza y la tierra agrietada, sintió por última vez a sus creaciones antes de dejarlos ir. Sabía que, a través de ellos, podría encontrar un nuevo camino hacia ese retorno a la ensoñación, más una visión del pasado que una posibilidad del futuro. Primero tenía que hallar el deseo perdido para luego caminar hacia él.

Usó una roca viva para dejarles en la espalda una marca de fuego con la que podría identificarlos si se perdían en la inmensidad del mundo de las esferas. Sintió nostalgia por ellos en su interior aún antes de que se fueran, una punzada de añoranza que se repitió cuando bajaron por la ladera rocosa, acompañados por una sorpresa de excitación. Por primera vez contrastaban la realidad del viento con los datos que tenían sobre él, degustaban la ceniza seca en el paladar, tocaban con las plantas de sus pies las rocas secas que les herían la piel. La experiencia de la vida los llenaba, les removía los órganos que empezaban a aceitarse de otra manera, los curtía de elementos naturales y salvajes. Los había puesto a prueba en su manto tibio cuando apenas los empezaba a construir, y en esos ejercicios se empezaba a entrever la calidez del creador ante una máquina hecha de su propia materia. Mucho de la ternura que había plantado en ellos, la contenía. Al hacerlos, el odio se diluyó lentamente, se transmutó en algo que, aún no lo sabía, terminaría convirtiéndose en amor. El mundo exterior no tenía esa consideración: la violencia de los elementos resaltaba la fragilidad inherente a ellos, una que ella no había previsto del todo. En el aire se sentía la densidad del terror siempre al acecho.

Y ella lo sentía todo. Los restos de emulsión que le permitían vivir a través de sus sentidos seguían activos y le transmitían el dolor que su propio ser causaba en los duplicados. Trató de hacerse suave para ellos. Los orientó en su camino por rocas lisas, evitó que pasaran cerca de las máquinas de terror al lado de la estación, los alejó de las antenas que habían iniciado todo, los llevó por paredes naturales para protegerlos del viento helado. Los duplicados descendían, distraídos y agitados en su primer encuentro con el mundo. No notaban cómo sus cuerpos se deterioraban, cómo entraban en estados extremos de frío y dolor, de hambre y contracción. Pensaban que eso era vivir: estar siempre al borde de la muerte.

Y a medida que bajaban, el hilo que los conectaba con ella se hacía cada vez más delgado.

La conexión se debilitaba. A cada paso que se alejaban de su centro, una incomodidad se instalaba más firmemente entre ella y su creación. Había demasiada interferencia en el aire, en la tierra, en los cuerpos. Un ruido constante e invariable hacía que se deformara el vínculo que los unía: una vibración hecha de ruido blanco, una oscilación que contenía el lenguaje de la violencia, la densidad de la información. Se estaba rompiendo por fuera. La estaba rompiendo el afuera. De nuevo. De otra manera.

No quería dejarlos. No podía abandonarlos.

Por instantes, ella dejaba de ver a través los ojos de sus duplicados, de sentir desde su piel. Y cuando se producía ese corte aparecía un vacío, una oquedad que intentaba ser llenada con nueva información inyectada desde la antena. Mientras más se alejaban esos nuevos ojos hechos de magma moldeado como órbitas humanas, más borrosa se hacía la imagen. Las ideas que lograba transmitirles no llegaban intactas, a veces lo hacían completamente transformadas. Tampoco las sensaciones de ellos eran claras; se transmutaban en el camino y convertían la sorpresa en pánico; la curiosidad en cobardía.

Los perdía.

Calculó el lugar más lejano en el cual aún podía comunicarse, el sitio donde lograba velar por ellos. Les condujo hasta ese borde con el residuo de fuerzas que le permitieron sus entrañas. Allí abrió una senda y se apoderó de la materialidad de sus duplicados. Les quitó el libre albedrío, los forzó, obligó el movimiento; los encaminó al límite de su zona. Ahí los contuvo. Apenas mantenían un hilo de comunicación, solo algunas ideas y palabras en medio de la estática. Ellos estaban desnudos, a punto de congelarse. Había imaginado muchas formas en las cuales podía terminar su proyecto, pero nunca que se vería doblegada ante la fragilidad de las máquinas humanas.

Forzó a sus duplicados a acostarse al lado de un desfiladero que partía un poco la tierra alrededor, los hizo descansar. Allí empezaba y terminaba el páramo, un punto en el que el suelo de rocas áridas se encontraba con los últimos rastros de frailejón de las alturas.

Allí construiría una casa para ellos.

Removió su fondo y excavó entre las capas. Abrió algunas grietas que se hundían hasta lo más profundo de sus ríos magmáticos para que a través de ella se enrollaran hongos y ramas. Levantó una pared para protegerlos. Permitió al magma subir por las fisuras para ofrecerles calor directo de su médula. Los cuidaría para mantenerlos vivos. Los acunaría con su propia piel.

Por medio de ideas cortadas y mensajes alterados, los fue guiando para que aprendieran métodos para sobrevivir. Cada día y cada noche les marcaba el camino para que hallaran ropa y comida, abrigo y tranquilidad. Construyó piedra por piedra un lugar tapiado con fragmentos de naturaleza que crecían bajo la tierra y con despojos que ellos encontraban desperdigados por doquier. A cada despertar de un nuevo día, ellos veían cómo la tierra se había transformado un poco, cómo había moldeado una nueva capa de barro y piedras para que ellos añadieran nuevos elementos que, al final, convirtieron la difusa cueva inicial en un hogar.

De vez en cuando sus duplicados subían a la cima; en esos momentos, el intercambio de información volvía a ser claro. Les trasmitía información que seleccionaba cuidadosamente y que les podía servir para construir su espacio, para vivir su vida. A medida que sus cuerpos frágiles se hicieron más fuerte y se adaptaron al mundo de lo exterior, la conexión se fue haciendo más estridente; el hilo se adelgazaba. La estática crecía y el ruido blanco se apoderaba de los significados. Era inevitable: los duplicados cayeron en el lenguaje. Empezaron a sentir la voz de ella como la de un fantasma que llega con el aire, como el augurio de una alucinación que indica el futuro.

En un sueño profundo, puso una semilla que tardaría en echar raíces, pero que crecería hasta brotar un pensamiento como una flor: la cueva era un lugar sagrado. Allí ella los observaría; ahí podrían hablar; ahí lograrían ser de nuevo una mirada, una mente, tal como cuando los había moldeado en sus entrañas. Bajo la cueva construyó una red de ríos de magma, raíces y corredores terrígenos que ampliarían su voz. Esa unión de afluentes y confluencias de magma le permitirían evadir la superficie y concentrar el recuerdo de sus homúnculos: había tenido el cuidado de evadir el peligro del olvido que causaba el lenguaje. Antes de correr el riesgo de perder la conexión, y de que esta se convirtiera para ellos en un recuerdo de ensoñación, como lo había sido el mundo del que la habían despertado, les puso nombres y les enseñó un canto con el cual podrían comunicarse con ella: una tonada hipnótica y repetitiva que se asemejaba a un mantra andino. A él lo llamó Pacho; a ella, Juana.

Para Pacho siguió el patrón de quienes habían caído en el cráter: hombres mayores y resistentes que parecían haber estado demasiado tiempo a merced de los elementos naturales. Para Juana usó las imágenes de deseos y recuerdos que había encontrado en medio de sus memorias; con ellas construyó una mujer vital y alegre, una bobina energética que no se podía ignorar.

Los dos seres magma vivieron y aprendieron en la cueva. Soñaron y alucinaron con las plantas que les ofrecía su madre montaña. Caminaron y estudiaron las grietas, las rocas, los caminos. Se alimentaron de lo que ella les ofrecía, animales y plantas que ella les ofrecía como regalos. Hablaron con quienes hacían esporádicos ascensos y aprendieron del exterior, supieron del mundo más allá de los límites de su zona. Y quisieron conocer más.

Entonaron el mantra andino un día completo. Le pidieron a la voz de los sueños que los dejara partir: querían llegar al territorio prohibido que era el otro lado del borde. Ella los escuchó, pero sabía que si se alejaban se cortaría la conexión y los perdería para siempre. Desde que Juana y Pacho empezaron a habitar la cueva, la información que flotaba en el aire había incrementado. La antena se saturaba y dejaba flotando datos que hacían el ambiente denso, espeso. El ruido blanco ensordecía cada vez más sus ideas, la dominancia de las antenas no la dejaba comunicarse del todo.

Ponderó todas las posibilidades e hizo un trato con ellos: Juana podría irse. Tendría que cuidar su cuerpo, no dejaría de escuchar y sentir a otros seres. No podía olvidar su origen. Debería regresar cada tanto para volver a llenarse con el aire de la montaña. Buscaría en la música y en el arte caminos posibles para acceder al deseo de un ensueño. Pacho se quedaría en la cueva. No podía dejarlo ir. Dentro de él seguía vibrando, cada vez con más fuerza, ese líquido híbrido que contenía el magma y el miedo, unidos bajo una sola esencia. Podía peligrar en un mundo lleno de lenguaje. Él tendría la tarea de bajar a las bocas para hablar con ella, para recordar que había nacido en el manto de un volcán. Buscaría en su periplo por la montaña la forma que podía tener el ensueño. Su tarea era hallar el camino del deseo, que les permitiría a todos volver al mundo de los conceptos.

Aceptaron. Todo se hizo según el plan.

Pero no todo resultó como lo habían pensado. Con el tiempo, Juana apenas recordó su nacimiento del magma. Subía a la montaña por costumbre. Visitaba a Pacho, quien le pedía información del mundo exterior. Ella le llevaba libros y objetos. Se sentaban al lado de la fogata en la cueva de Pacho para escuchar una voz que les hablaba, pero que no reconocían. Cada vez que Pacho intentaba pasar el desfiladero, un malestar interno lo obligaba a volver. Resignado a su suerte, decidió quedarse a vivir en el páramo alto. Juana le contaba que las personas de los pueblos cercanos lo conocían como el guardabosques y habían inventado historias sobre él: había sido criado por osos, se alimentaba de los frailejones del páramo, cuidaba el volcán hacía más de dos décadas, vivía seis meses de un lado del volcán y seis meses en otro.

Cuando estaban juntos en la cueva, ella sentía que todo era posible. Pero se mentía.

Juana y Pacho habían olvidado la ensoñación. La montaña era solo un fantasma onírico en sus mentes. Su voz, cada vez más quebrada por el ruido, apenas llegaba en forma de visiones. Sus máquinas tenían una buena vida, pero cada vez tenían menos de ella. La emulsión que había puesto en sus cuerpos se había difuminado, atrapada por la farsa de la realidad y el lenguaje.

No se conformó con esa suerte. Tenía un nuevo plan, y Juana y Pacho formaban parte de él. No tenía mucho tiempo, sabía que algo pasaría pronto. La información tomaba cuerpo, la guerra se incrementaba, el lenguaje amenazaba con contaminarla. Lo mejor que podía hacer era volver a trabajar.

V. El cráter

Cierro el grupo que se dirige hacia el cráter del volcán. Estoy al final de una fila cerrada que se ha deslizado en silencio durante un par de horas. Ya la tarde está cayendo; Pacho y Juana sacan de su maleta linternas que nos ayudan a guiarnos un poco mejor, a vernos en medio de la bruma y la oscuridad que se empieza a tragar todo alrededor. A partir de este punto, las marcas del sendero se vuelven difusas: en medio del desgaste de lo natural había un cuidado desprolijo en el camino hasta la estación, pero después solo hemos visto restos, pedazos de sendero. No muchos deciden seguir más arriba, y menos de noche. Nadie se interesa por esta parte del recorrido. El que todo sea una ruina continua hace que la montaña misma pierda solidez y tenga la apariencia de que las cosas tienen la posibilidad de transmutarse en algo más. Cuando levanto la vista y la bruma me permite ver más allá de mi cuerpo, nos veo como si fuéramos una serpiente hecha de fragmentos, pero unida por de hilos coloridos que nos cohesionan. Nos convertimos en un ser unificado, el volcán nos fusiona con el silbido de viento que nos atraviesa. Caminamos en silencio, dejamos que el crujir de las piedras bajo las suelas se convierta en nuestra voz, en el siseo de la serpiente. El ritmo acompasado que logramos con cada paso se asemeja a los tambores redoblados de las galeras que avanzan por el océano. Remamos con nuestros pies a través de un mar que parece no tener orillas. Estamos dentro de un monstruo arquetípico que navega sobre el mundo rompiendo las olas del aire y avanzando a un ritmo demasiado lento como para que nosotros, pequeños seres de temporalidad limitada, podamos notarlo. Aún en medio de la supuesta quietud del páramo alto, siento que avanzamos con el volcán, que somos la tripulación de un galeón impulsado por el motor constante del magma. La ciudad, ahora lejana, es solo una etapa pasajera, un muelle de carga y descarga le permite llegar a buen puerto; a pesar de las cordilleras, las montañas y los picos, también está llena de mar.

En nuestro camino a las bocas las conversaciones pasan a un segundo plano. El paisaje muta lentamente; sé que todos lo vemos, pero igual seguimos en nuestro ascenso pesado y silencioso. A medida que avanzamos, la oscuridad nos permite ver que el color de la tierra cambia. Entre las grietas del suelo cada vez más visibles, cada vez más profundas, se ven destellos naranja de la lava que sube a la superficie. Nos movemos a través de un camino de bifurcaciones plasmáticas que, en su apertura, nos guía hacia arriba, hacia el cráter; las raicillas de magma nos indican el lugar al que debemos llegar.

En un punto del camino la luz cambia radicalmente. El brillo que sale de la tierra se ha vuelto tan incandescente que casi no deja lugar al gris. Me deslumbra. Debo cubrirme los ojos para seguir la ruta. Desde abajo, seguro el color de la cima bajo el cielo de la noche hace que parezca una erupción volcánica; desde acá, sin embargo, veo que la lava no desborda la cima, sino que se eleva desde el suelo.

—Llegamos al cráter —entiendo que grita Pacho por tercera vez, en medio de un viento frío que le corta algunas palabras.

Juana y él guardan las linternas, ahora inútiles por la luz que se proyecta desde abajo. El brillo apenas me permite ver los contornos del cuerpo de Pacho mientras seguimos el camino: su silueta a contraluz de la lava me recuerda cuando lo vi por primera vez entrando a su cueva, aunque su rostro ahora se asemeja a la cabeza de una serpiente ígnea, que voltea para confirmar que su cuerpo aún está allí. En medio de una bruma que cada vez deja ver menos, que se une al humo de la tierra y al brillo del magma para impedir nuestra visión, entiendo que caminamos hacia una zona donde sobresale una gruta escondida. Seguimos a Pacho hacia el interior para que la serpiente no se descomponga. Las paredes nos permiten tener un poco de protección contra el vapor caliente que exudan las rocas; el viento deja de golpearnos directo al rostro, aquí podemos retomar las fuerzas. Pacho se dirige rápido hacia el fondo y mueve algunas rocas pequeñas que dejan ver algo guardado bajo la tierra: un par de maletas viejas, cubiertas de ceniza y polvo, que parecen haber estado ahí desde hace meses, a la intemperie.

—Vamos a rearticular esto —alcanzo a escuchar entrecortado, en medio del torrente de viento que entra a mis oídos por la boca de la gruta. Pacho abre una de las maletas y me muestra unos cilindros de metal oxidado.

—¿Son minas? —le pregunto, sin entender qué vamos a hacer.

—Más que minas, son líneas de programación que se ubicaron mal. Todo programa necesita una transformación radical del sistema para que se expanda, para que se conecte. Aquí tienes: estos artefactos no son más que la estructura de las revoluciones dentro de un bolso.

—Pero… ¿las vamos a llevar a las bocas?

—No, las vamos a poner donde vos digas. Sos el programador, conoces la estructura desde los dos lados. Has estado afuera y adentro. A partir de ahora, puedes mostrarnos qué hacer. Todo lo de la estación, vaciarte para ver detrás del sistema; para eso estás aquí.

Detrás de nosotros, la tierra ilumina a Juana, que saca de su propia maleta hojas secas, botellas con líquidos verdosos, ramas partidas, frascos con algo que parece ceniza y un cuenco vacío. Con un gesto alquímico, empieza a mezclar todo en el cuenco por medidas. Dayra, un poco más apartada, observa todo a distancia; sus límites empiezan a desenfocarse, su presencia es más energía que materia. Hago el intento por enfocarla fijando mi mirada sobre ella, pero solo puedo ver cómo de ella surgen hilos que nos protegen y producen una sombra iridiscente sobre nosotros.

—Pacho, yo no tengo idea que…

Juana se acerca y me ofrece el cuenco ahora lleno con un líquido espeso de color arcilla. Tiene un olor fuerte, solo con acercarme siento ardor en las fosas nasales. Encima flotan algunas hojas y una capa delgada de algo aceitoso.

—Con esto vas a tener idea, Martín. Le eché lo que quedaba de brandy para que no te supiera tan feo —bromea ella con una de sus risas estridentes, antes de alargar el brazo y hacerme un gesto para que me tome todo—. A esta altura de la montaña puedes comunicarte mejor, a ver si al fin recuerdas todo.

Recibo el cuenco de manera inconsciente, como si una energía que sale de la tierra y recorre mi columna se encargara de mis movimientos, obligándome.

—Tranquilo, no tiene más cosas de las que contenía el agua que hemos tomado, o los cigarrillos que has estado fumando. Son una forma de alimentarte con el fuego de la montaña, son yerbas que se siembran acá en la parte alta del volcán, mi herbolario personal —no para de reírse, nerviosa, como si todo esto fuera una puesta en escena—. Ahora hay que llenarte de tu esencia verdadera, en esta bebida está concentrada la memoria de tu madre —concluye, mientras toma una última yerba y la añade al cuenco.

Entiendo sus palabras, pero aun no comprendo lo que quiere decir. Sus risas le dan a toda la escena una carga aún más ominosa. Mis brazos, de nuevo, actúan por mí y suben el cuenco hasta mi boca, que se abre como si una mano me obligara a tensionar los labios. Cuando el líquido pasa por mi garganta, siento el sabor seco del azufre mezclado con tierra y corteza seca. Un poco más lejos, veo a Dayra hacer algunos gestos con sus manos, como si estuviera tirando de los hilos. Al terminar todo el brebaje, mi cuerpo deja de sostenerse de pie por la fuerza que me mantuvo erguido, mis dedos se distienden y el cuenco cae al suelo pedregoso, me convierto temporalmente en una masa de carne blanda. Juana me abraza para amortiguar mi caída y me ayuda a sentarme en la entrada de la gruta, mientras Pacho sigue ordenando las minas en las maletas.

Ahora, sentado, veo cómo las grietas que se abren camino en la tierra, brillantes por el magma, se iluminan aún más. Contemplo cómo en medio de las rocas empiezan a surgir nuevos hilos de colores, iguales a los que había tejido con Dayra mientras hablábamos en el ascenso. Son líneas que me rodean y me atan, que me envuelven, me enredan. Entran por mis ojos, cegándome por momentos. Ya no surgen de la boca abierta de Dayra, sino desde la montaña. Los siento girar dentro de mi cuerpo, buscar algo, un fragmento en el cual anclarse, hasta que encuentran un núcleo de agarre en mi bolsillo, en la pequeña planta que hace poco me entregó Pacho. El brote de maleza se convierte en un peso específico que al mismo tiempo me ancla a la tierra y eleva mi mente un par de metros del cuerpo. Los hilos de colores me halan en un primer envión para después empujarme y hacer que flote sobre el volcán. Ese trozo vegetal es el lente botánico a partir del cual construyo el mundo.

 Y sobre la montaña, como si mi mente atravesara un programa de localización geográfica, mi visión continúa elevándose hacia el cielo; veo mi cuerpo desde arriba, al lado de un camino serpenteante que conduce al espacio negro de un cráter pixelado. Alrededor, el plano se extiende y muestra una tierra gris, apenas transformada por venas en las que, décadas atrás, corrieron ríos de lava. Mientras más asciendo, más se amplía mi visión del panorama. Dejo de observarme como un punto sentado en un umbral y desaparezco ante la inmensidad del mapa. A partir de ese centro, de ese píxel nativo que es el cráter, la tierra gris se extiende sin cortes. No hay ciudades o carreteras, solo la extensión natural de los ríos volcánicos que corren secos en la superficie y de una viveza naranja bajo tierra. El volcán se convierte en el centro de una esfera inmensa que es la Tierra entera. La montaña es el iris de un ojo planetario que se observa mientras busca en el vacío exterior ojos semejantes con los cuales compartir su experiencia vital. Y, al mismo tiempo, en un juego de dimensiones que no logro entender, mi percepción cambia de las magnitudes; la misma mirada que ampliaba el paisaje a la totalidad del planeta se acerca más y más a esa pequeña planta en el bolsillo, a ese peso absoluto que mantiene mi cuerpo anclado al suelo. Me zambullo en la visión de un juego holográfico donde la planta desgarrada de la tierra contiene al planeta. Y dentro de ese ente vegetal las fibras son canales que se estrechan girando alrededor de un mismo punto, en un movimiento heliotrópico donde el sol es núcleo de energía clorofílica. El gesto fractal no es más que un juego de espejos que demuestra la existencia de universos desdoblados y replegados dentro de cada célula botánica. Y la fuerza gravitatoria mutua modifica planta y planeta, me veo insertado en un sistema doble que inicia un baile de atracción y repulsión, en el cual las células participan siguiendo el ritmo indistinto de los cuerpos celestes y herbarios. Mi visión viaja hacia el exterior para descubrirse dentro de ese fragmento moribundo que sigue en mi bolsillo. La visión de un planeta gris, fractal, inmenso, lleno de lava y tierra se superpone con otra figura: la de la maleza arrancada del suelo, que empezó a morir en el instante en que Pacho la arrancó y la dejó en mi mano. Entre esas dos imágenes, trazo una línea perpendicular al eje terrestre que me atraviesa. Ahí estoy yo, una causalidad interpuesta entre dos magnitudes que solo tienen lógica en la relación que ambas establecen conmigo. Mi lugar en ese territorio inmenso, representado en la centralidad del volcán, no es una contingencia; mi tarea es transportar la representación diminuta de la maleza por el sendero y que, a cada paso, nuevas líneas perpendiculares se puedan trazar para hacer un mapa estelar, una cartografía astronómica hecha de trazos horizontales que se encuentran en el centro mismo del volcán, de un núcleo del que surge el calor ígneo que encuentra alivio en el cráter donde estamos. La visión produce una presencia total que no va solo hacia adentro de mí, al interior del volcán, sino que se dirige hacia el vacío estelar de la materia negra y de los cuerpos celestes. Las líneas perpendiculares que configuran la imagen holográfica trazan siluetas astrológicas, crean nuevos signos zodiacales que corresponden con frailejones, miranchuros y ópalos. Por primera vez en demasiado tiempo, el volcán ha dejado de clavar la mirada en su materialidad geográfica y al verse se percata que está por fuera, en el espacio neutro de aquello que solo había atrapado con el deseo y el ensueño; desde ahí, se retrotrae y retorna en un suspiro a la planta en mi bolsillo. En esa ida y vuelta entre la comunicación astral y la maleza, entiendo que mi identificación positiva de identidad es una mala ficción; me he convencido de que tengo una sustancia singular, apartada de esos dos planos de realidad y magnitud. Pero no: mi existencia es la posibilidad de navegar en medio de las líneas de código que unen astros y maleza. Tengo el poder de rearmar el paisaje, no por imposición artificial, sino a través de la comprensión del sistema como un todo. Soy al tiempo volcán y maleza; soy planeta y materia oscura.

Y es ahí donde interviene la idea del error del sistema que Pacho ha implantado en mi lenguaje cuando puso en mi mano la maleza como si fuera un código maligno que se reproduce hasta reconfigurar el mapa del territorio en el que existo. Esto que queremos hacer es una depuración del paisaje, es la transformación de lo natural, es implantar el error que pusieron ahí los soldados: el miedo, la guerra. Comprendo que la topografía debe cambiar con el tiempo, como dijo Pacho, que el estatismo es la muerte; pero también que sobre la montaña hubo una alteración, una artificial y obligada. Es necesario buscar la génesis del error que había reemplazado unas líneas de código en el lugar equivocado. Y ese inicio es difícil de encontrar. Es una búsqueda que muere en su misma formulación porque el fallo se desborda temporalmente sobre sí mismo y busca la raíz en una época sin origen que se pierde en la historia. Como si se tratara de una profecía autocumplida, causa y consecuencia convergen y se diluyen hasta formar una todo. Tengo que encontrar entre las líneas perpendiculares aquellas que me indican el lugar donde comenzó el desequilibrio: debo transformar la transformación.

Sin embargo, hay un problema: no puedo salir del sistema para encontrar la línea a depurar. Este no es un sistema de autoreconocimiento; la única forma de comprender cómo circula la energía es estar por fuera. "Somos fallas", dijo Pacho, y esto no hace más que confirmarlo. ¿Quién soy yo para ver las líneas erróneas?, ¿cómo puedo formatear el código de la naturaleza para comprenderlo? Si todos somos fallas, y yo mismo soy una línea que debe ser depurada, no hay en mí una esencia que me haga erróneo; como dijo Pacho, el problema está en la función dentro del entramado. El error está en la acción. Si miro hacia atrás, no es solo que la fiesta en casa de Juana haya sido un error, sino también el tomar chapil, el ascenso, el entrar a la estación; fue un error volver a casa, pero también lo fue haberme ido hace tanto tiempo. Y junto a esas acciones, son errores las pequeñas decisiones que he tomado desde mi nacimiento, y también lo serán todas las que tome desde este momento en adelante, hasta la muerte, o más: los errores desbordarán mi vida. Porque en el relato de mi individualidad, ese otro yo-red no tiene un fin, no termina en mí; no soy una narración hermética que, con la muerte, conecta todos los elementos que la componen. Las ramificaciones que abro no se clausuran con el fin de mi vida, pues las acciones no son más que aperturas de fallas en los demás; no son hechos cerrados sobre sí mismos, sino semillas de nuevos actos implantados en otras líneas de código errado.

Veo esa versión rizomática y contradictoria de mí mismo, pero no me gusta; al poner como centro de mi existencia a la falla, convierto el mundo en una constante búsqueda de equilibrio que solo tiene oportunidad de avanzar en la ironía de negarse a sí misma. La única salida de ese absurdo es pensar que Pacho también es un error, y que su afirmación de que todos somos errores se muerde la cola, se carcome hasta eliminarse, se anula a sí misma, se convierte en un hecho sin comienzo ni fin, en un destello de posibilidad que se disuelve en su misma enunciación. Y, si todo esto es real, no hay un programa posible. Las topografías infinitas y absurdas, las líneas perpendiculares que marcan el planeta, el seguimiento cósmico a la maleza que tengo en mi bolsillo serían solo imaginaciones, líneas sueltas en un programa que corre paralelo. Eso significaría que solo somos comandos anómalos, líneas erróneas que, por alguna casualidad, hacemos que el sistema funcione. Un programa construido a partir de fallas.

Todo me guía a esto, es lo que debo entender: si todo el sistema es un fallo, incluso mis palabras son entes que nunca llegan al significado que pretenden. Hemos apoyado nuestras acciones en un lenguaje vacío, evasivo. Vivimos en una combinación aleatoria de palabras que, por una posibilidad estadística, resultó teniendo significado. Siempre hemos vivido en la tranquilidad que da entender la negación como el lado inverso de una afirmación que muestra lo real.

Si convertimos la ausencia, el negro, la maldad, el vacío como centro de la vida, podremos movernos hacia el caos de la inestabilidad como única forma de la existencia. Eso es el volcán: la aleatoriedad como esencia del sistema. Es un ente que no se basa en formas de comprensión externa, sino en la lógica del deseo. Es imposible saber qué hará, cómo se comportará. Es lo incomprensible. Lo fortuito. Es lo que nos permite entender que estamos en un programa funcional a partir de los errores que lo conforman, despoja la vida de un sentido de certidumbre; gracias a él nos podemos librar de legitimarnos y pensar que las cosas deben ocurrir de una forma supuestamente correcta. Si todo lo que yo hago es en un error, solo podría salir de ese ciclo infernal si hago por una vez algo a partir del caos; esa sería la única forma de escribir una línea sin errores, un comando ejecutable.

Al fin sé cómo se deben reprogramar las líneas erróneas: desde el caos y el afecto, desde la pérdida de la lógica, desde la explosión del deseo expandido. Comprendo, pero no entiendo bien cómo lograrlo, cómo convertir esa idea en una acción. Pero basta con el satori que me regala esta comprensión lúcida de la visión para que las múltiples dimensiones en las que me había abierto, las miles de miradas que apuntaban a todas direcciones, se vuelvan a reunir en una sola. Esa nueva masa de capas estratigráficas, que son las dimensiones de lo posible, se acomodan en mi columna, una sobre otra; regreso a mi cuerpo, regreso a mi tiempo, regreso al volcán.

Levanto la mirada: veo a Pacho detenido, paralizado en medio de su acción de revisar las minas y ordenarlas en su maleta. Juana, también ha quedado monolítica en una postura incómoda, macerando unas yerbas en un mortero. Solo Dayra se mueve. Sus manos siguen bailando, enredando los hilos invisibles que, ahora lo veo, manejan al mundo desde el volcán.

—En el páramo alto las cosas ocurren a otro ritmo —susurra, sonriendo.

Primero pienso que es un sueño, una visión que se une a la anterior pero que solo tiene la idea de ser verdadera. El engaño de la realidad material como última frontera de la cordura. Para comprobarlo, tomo a Pacho por el brazo: está tibio. Intento moverlo, pero tiene la consistencia sólida de una roca, su densidad es compacta. Me acerco y veo que se mueve, pero lo hace muy lento, a una velocidad que es difícil de percibir; detrás de mí veo a Juana ralentizada, casi inmóvil; sus movimientos son de desconcreción, tienden a la disolución de la materia: su carne se convierte en ceniza y polvo que cae a la tierra. Hemos subido a la cima y bajado a las bocas, ahora ellos descienden a las capas estratigráficas a través del suelo rocoso. Veo en los rostros de Pacho y de Juana un gesto de satisfacción, como si estuvieran tranquilos y en paz después de haber cumplido una misión. Ahora pueden regresar a su lugar germinal, a la fuente primigenia.

—Martín, toma la maleta de Pacho y salgamos de aquí. Vamos a caminar un poco —contrario a la solidez gelatinosa de Pacho y Juana, el cuerpo de Dayra parece fundirse con la tierra y tomar la consistencia de lava hirviente; se mezcla con la ceniza que cae de los cuerpos desvanecientes. Su voz se desliza de manera suave y emulsiva.

Todo lo que ocurre a mi alrededor no solo me parece posible, sino que nada está fuera de lugar: las visiones formatearon mi comprensión del mundo. La quietud evaporada de Pacho y Juana, la movilidad coloide de Dayra, la incapacidad de seguir el camino, el riesgo de entregarme profundamente al caos que significa vivir. Acepto lo que hay con la sinceridad del momento. Salgo detrás de Dayra y, ya afuera de la gruta, noto que el paisaje parece también haberse detenido. El viento frío que me golpeaba el rostro se convierte en un vaho refrescante que llena mis pulmones de rocío. La bruma se convierte en humo espeso que puedo atravesar con mis manos. Los hervores de lava que brotan bajo las piedras están suspendidos, a punto de reventar. Los elementos siguen presentes, pero ya sin la violencia que les imprime la existencia del tiempo; se convierten en formas, sabores y sensaciones suaves, ligeras.

—Te sigo —dice Dayra, y abre sus brazos para mostrarme que ahora tiene el vestido de luces y colores que tenía en la casa de Juana. Y empieza a girar otra vez, y suenan las campanas que cuelgan desordenadas en medio de las borlas, y de nuevo el dragón de fuego tiembla al ritmo del corazón, y todo es colores, luces. Los cascabeles producen ese sonido que parece no haber sido hecho para los humanos, sino para las montañas, los volcanes y las sierras; es un ruido que se vuelve canción y tiene la misma cadencia del mantra andino que no es otra cosa que el rugido del volcán, la música de *Kaipimikanchi*, el eco que se colaba por las piedras y el crepitar de la hoguera en casa de Pacho. De su vestido se desprenden luces e hilos de colores que me atrapan, me envuelven, me enredan y me obligan a girar con ella, activando el tiempo para los dos. En nosotros están contenidas todas las eras y las dimensiones; podemos viajar en medio de las posibilidades de futuro y de pasado: estar en este presente constante detenido en la cima deslumbrante de un volcán, bajo un cielo oscuro iluminado por ella y su remolino de colores; vivir el inicio de la existencia cuando en una explosión cósmica el tiempo comenzó a existir, y sentir la retracción del universo en una pequeña masa oscura que marcará el final de todos los finales.

Así, en el ojo de este movimiento perpetuo en el cual me veo insertado, sé que Dayra es el volcán, que yo también lo soy. Ella siempre ha sido el ser mitológico que sentí cuando toqué las piedras en las ruinas, el ente por el que ascendí, el organismo que me permitió verme. Entendí que la montaña puede ser, al mismo tiempo, humana y piroclasto encendido, mar de lava y gruta, grieta brillante y memoria contenida en un herbolario. Ella, Dayra, el volcán, se ha moldeado a sí misma en forma humana para recibirme en su seno y construir juntos una nueva línea de código armada desde una visión inédita para mí. La abrazo, me uno a su masa mutante y me convierto en la maleza dentro del bolsillo del pantalón; en magma deslizándose por los ríos subterráneos; en ceniza que planea hasta caer en una roca para fundirse en ella; en fuego y tierra y gotas húmedas que la violencia convierte en rocío. Soy quien devora humanos, quien soporta la carga de una antena que inocula información, quien se duplica para encontrar la forma del ensueño. Dentro de mí hay magma primitivo sacado del manto profundo del volcán; en el interior de mi cuerpo siento las fuerzas tectónicas que me dieron forma hasta convertirme en Martín: el producto del trabajo, al tiempo barroco y minimalista, que fue mi nacimiento.

Dayra-volcán moviliza mis átomos, nos construye mutuamente en una hibridez que desagrega la materia de ambos para ser una sola mezcla, un ente que convierte las minas en pegajosas masas negras y móviles que flotan alrededor. Y en ese nudo de ectoplasma alterado que ahora somos, veo salir haces de luz de una materia que, al mismo tiempo, me pertenece y me es ajena.

—¿Vamos? —me atraviesa un hilo naranja con la energía de Dayra.

Las dimensiones que se han rearmado en mi columna nos mueven entre momentos del pasado y el futuro, sostienen mi cordura ante esta nueva realidad. Podemos movernos en los intersticios de la materia y el tiempo, entre dimensiones de posibilidad, para encontrar los lugares exactos, los puntos precisos donde clavar los artefactos. Una acupuntura telúrica.

—Ahora entiendes el camino, quizá lo puedas manejar mejor. Ya lo has experimentado, sabes bien qué es la realidad. Las vidas se solapan, los momentos se repiten. Existimos en ciclos —la voz de Dayra, hecha mujer-volcán, deja el nivel del sonido y toma la forma de hilos que ahora me envuelven y me penetran, tejiendo una membrana en mi interior. Cada hilo se filtra entre los espacios vacíos que deja la materia que me ha conformado y, al hacerlo, acaricia la energía que me ha condensado, dejando tras de sí ondas de una energía fría y reparadora—. Lo sentiste cuando saliste de la estación y te diste cuenta de que la unicidad temporal: la fiesta, la espera en la cueva de Pacho, la recuperación en las ruinas de la estación; todo es el mismo momento que se desplaza en diferentes formas, sin cambiar de esencia. La vida que vivimos no es más que un ritual que honramos, una danza de sacrificio con la que nacemos y en la que morimos si no sabemos cómo salir de lo inevitable —las palabras-hilo que me cuentan una historia, se tejen ante mí para convertirse en la imagen móvil de una espiral girando sobre sí misma, un churo cósmico hecho de tramas y urdimbres—. Debemos salir de la estructura estática de la vida hecha de iteraciones y para ello es necesario que aparezca lo extraño, aquello de disloca y desplaza. Entre las aparentes estructuras férreas de este sistema que es nuestra existencia, hay puntos de detonación que llevan a una pequeña revolución de lo posible. Es eso lo que puedes captar, porque lo has vivido, porque lo reconoces; has estado afuera y sabes cuáles son los puntos de salida, las grietas de lo inesperado, las salidas de lo espeluznante. Deja que el caos se apodere del tiempo, llévame a través de las posibilidades: plantemos la semilla.

Me muevo envuelto en los hilos comunicantes, floto en la gelatina que es el tiempo. Tomo las negras masas pegajosas y las llevo conmigo para encontrar su lugar en el sistema unificado del tiempo y el espacio. Debo encontrar el momento, la zona, la razón. Al pensar en mi tarea, siento que hay algo extraño en ellas, una fuerza densa que frena mi avance. La materia de las minas intenta expandirse e infectarme. Busca ensancharse a través de mí, tragarse mi ser que se hibridiza con el de Dayra para que ellas sean volcán.

—Están hechas del virus del lenguaje y del tiempo, son la lógica y los significados; ten cuidado —y en el tejido, el churo cósmico es destrozado por una forma triangular que lo asfixia.

Dejo que la masa se adhiera a mi exterior y se expanda desde su centro. A medida que empieza su proceso viral, invierte toda la energía en su reproducción, se adelgaza y se muestra frágil, deja ver el fondo de su esencia. Las masas negras, el terror sembrado en la estación de vigilancia, son apenas las partes de una máquina que está buscando el equilibrio de su energía. Guerra, miedo, terror, son elementos que segrega el ser humano al huir despavorido ante el acto de creación de lenguaje. La guerra y el hombre son reflejos mutuos de una imagen que nunca encontró su punto de origen. Basta con reubicar la línea de código que creó la máquina de guerra en un espacio productivo para que se reproduzca sin que se considere maleza, sin que interrumpa el flujo de energía. Cuando la guerra ingresó en el sistema cerrado del volcán, al mismo tiempo que se subieron las primeras antenas, se produjo un corto que causaba una pérdida de energía, un desvío que no le permitía al paisaje natural mantener con la dinámica de existencia que había tenido por siglos: eran dos formas de flujos energéticos que no podían convivir. El miedo había entrado lentamente a través de las antenas y, cuando se sintió como un ente externo en un sistema que podía conquistar, hizo lo posible para expandirse. Antes, la montaña tenía un flujo de energía de retroalimentación total, sin pérdidas ni ganancias; una forma de estabilidad que le había permitido al volcán entrar en la zona de lo intangible. Para lograrlo, sin embargo, se había obligado a cerrarse, a implantarse límites y olvidar lo que existía más allá de sí misma, como si estuviera aislada en medio de un espacio desierto. La habían despertado de su mundo de conceptos. Al comienzo no entendió lo que venía desde afuera, todo era una amenaza. Necesitaba ver desde afuera, y en ese intento de comprensión por las formas en que funcionan las estructuras propias y externas, me creó.

    Me basta ver el mapa por fuera del sistema para ver que las dos potencias no son sino fuerzas de ignición que conviven y que luchan por ocupar el mismo lugar. Ascendemos, por encima del volcán y del miedo. Floto sobre ambas hasta que sus conexiones aparecen grabadas en el mapa celeste por medio de las líneas perpendiculares que rearmaron la estructura. Sé que mi tarea no es eliminar la oscuridad del lenguaje, ni dejar que reemplace a la montaña; es necesario encontrar el enlace, el punto del tejido en el que ambos se tocan para volverse productivos. Solo puede haber una renovación en un acto de trasgresión, ahí se encuentra la potencia positiva; es necesario encontrar en esa máquina de guerra en la que se había convertido el lenguaje, algo que genere un sentido de creación. A medida que la masa negra me contamina y empieza a propagarse en mi entidad multidimensional, me muestra cómo, en su urgencia expansiva, un lenguaje nacido del miedo modificó a los humanos y se volvió máquina de guerra. Cómo eso le dio la cualidad de romper límites, descomponer cuerpos y fraccionar sistemas: así entró a la naturaleza y a la montaña. En algún lugar, al fondo de ese deseo funcional y determinado de propagación, está su capacidad creadora; tiene la fuerza para dejar atrás la lógica y entrar en el espectro de lo inestable; ahí la creación se equipara a la fluctuación.

Devoro la historia que se extiende en mí; me muestra cómo la trasgresión del lenguaje reaccionó para volverse una máquina de guerra devastadora, un virus informático. El lenguaje se auto percibió como un sistema extrópico de crecimiento exponencial que se retroalimentaba positivamente y se gritaba: "¡soy una enredadera!, ¡intenta atraparme!" En su exceso de energía, implosionó y se densificó hasta volverse ese dispositivo que tenía como única función teratológica el expolio, el despojo y el desplazamiento. Entró en la tierra y la contaminó. Dejó sus semillas en algunos humanos, modificó sus cuerpos para evitar la comprensión de lo natural y los convirtió en autómatas que solo buscaban la expansión territorial. Individuos convertidos en agentes de lo baldío. Es fácil ver cómo la posibilidad del lenguaje había retroalimentado su capacidad de convertirse en error, en ese robo de territorios, en ese exterminio de la comunicación, en esa destrucción de los cuerpos diversos. Su esencia verdadera, sin embargo, no se encuentra en la eliminación del otro, sino en la potencia de ser lo inestable, lo inesperado, aquello que rompe las barreras y los límites porque actúa sin una lógica impuesta. La guerra es apenas la reproducción cancerígena de una potencia de lenguaje que nunca ocurrió, que deformó su cualidad colaborativa hasta volverse su opuesto.

Al ver lo que habían hecho con el virus del lenguaje, los humanos se horrorizaron del terror que habían producido con la violencia, se escondieron en la lógica del lenguaje y la información, creyendo que así podrían alejarse de su creación bastarda. Hicieron una abstracción conceptual de lo existente hasta que perdieron la capacidad de ver lo real de la guerra; todo se convirtió en una máscara de lenguaje que encubría lo inenarrable. Permitieron que la guerra y el lenguaje proliferaran con una ingestión mutua e insaciable de energía. Al querer separarse de la violencia y la guerra, los humanos las nutrieron y las hicieron crecer. Pensaron haber tomado la mejor decisión, cuando nunca se hicieron responsables de sus acciones. La guerra, en cuyo corazón se encontraba el lenguaje, siguió contaminando y desplazando hasta encontrar, gracias a la antena, una fuerza simétrica que actuaba en dirección opuesta: el volcán. No supo qué hacer con ese gemelo contrario, con esa imagen deformada de sí, y decidió bombardearla con su esencia, con su información y sus significados. Así produjo una coagulación de energía, un engrumecimiento vital.

A fin de cuentas, a los humanos les hubiera bastado con entender la máquina de guerra como un código que podía ser productivo en su posibilidad disruptiva. Lenguaje y volcán contienen dentro de sí la fuerza de lo espontáneo, algo mucho más cercano a la irrupción inesperada del deseo que a la secuencia lógica. Lo único que me queda como posibilidad de acción, después de comprender ese devenir complejo, es partir de aquello que comparten: lo intuitivo; solo desde la sinceridad de lo involuntario se puede echar por tierra los procesos mecánicos. Decido que lo mejor es no ubicar las masas negras en un espacio para eliminarlas, sino permitir que me traguen y me consuman; me traslado a su lugar, en ese espacio empático de la comprensión ajena. Elimino la lógica de las redes y me permito sentir a través de la violencia y la guerra.

Solo entonces aparece el dolor.

Es como si me clavaran miles de agujas e incubaran dentro de nuestra materia compartida la compresión de décadas con datos e información, como si el lenguaje del miedo fuera el combustible del motor que permite moverme a través del tiempo. Es el mismo dolor de la génesis, el que despertó al volcán de su ensueño, el que lo inició todo. Al reubicar el lenguaje en el cuerpo volcánico, contengo el desborde de energía que lucha internamente por colonizar un espacio ajeno. Siento como si ya hubiera hecho esto antes, en otro cuerpo, en otro tiempo. En el viaje dimensional de la materia que habito, ahora soy Pacho: el hijo que por primera vez contuvo el virus del lenguaje. Cuando el producto oscuro del lenguaje entró en su cuerpo, ocasionó una lucha de dominación que creó interferencia y ruido; la montaña-Pacho no podía comprender la existencia de un afuera que abriera el sistema, así que su ser siempre fue un campo de batalla. Necesitaba una mirada externa para crear la síntesis, pero era demasiado inestable para atravesar el límite geográfico que nunca pudo atravesar porque, más allá no podía escuchar el lenguaje que lo había acompañado desde su creación.

La dualidad de la lucha estaba plantada dentro de su ser y no había otra forma de resolver su duda interna más que con la prevalencia de uno de los dos lados. Cuando Pacho me vio partir acompañado de Juana inició la esperanza de que mi retorno disolviera el conflicto interno que lo obligaba a buscar soluciones dentro del volcán. Ahora que también soy él, le doy calma en su retorno al seno materno; puede volver a ser magma fluido.

Me concentro en el dolor que se deshace a medida que produce la síntesis. En mi organismo dimensional, habitado por las dos formas del caos, se activa un ejercicio de digestión unificadora, una asimilación donde se descartan los excesos materiales cancerígenos y se abren las puertas a una estructura abierta. Me canibalizo en un proceso de totalidad sistemafágica Y en el descarte de lo carnal, todo se vuelve electivo y se crea lo afectivo, el amor. Abrazo a la conjunción de lo opuesto y me convierto en un ser que no es suma ni resta de lo anterior. Soy algo que nace, un ente de condensación y suma, una columna estratigráfica en la que se superponen todas las formas de mi existencia pasada. Soy Martín, la antena, Dayra, las minas, Pacho, los vulcanólogos, Juana, los soldados y la montaña. Soy el mantra, soy la cueva y la estación de vigilancia. Soy un cuerpo de lava que fue llenado y vaciado tantas veces que solo quedó un rastro de existencia, soy máquina-magma, piroclasto y maleza. Soy un ser que puede contener memoria propia y ajena, materialidad de montaña hecha diálogo. Soy frailejón, miranchuro y ópalo.

Me despido de mi identidad positiva como humano, me veo por última vez para comprender el camino que he recorrido para llegar hasta aquí. Me sumerjo en los mares de lo cotidiano y lo específico para establecer un último orden posible que se adecúe a la plasticidad dimensional. Estoy concentrado en la caminata de hoy, ese momento ínfimo en medio del mar de acciones que conforman mi vida. El borde está en el inicio, cuando la camioneta se detiene al lado de algo similar a una casa que parece sostenerse de pie más por la costumbre que por la lógica de su estructura. Ahí se inicia la narración. Cruzo el marco que contiene esa acción y observo-siento-tejo: algo establece una conexión conmigo en esa cueva. Mis pies dejan rastros de información en el suelo a cada paso, el aire que respiro entra puro y sale lleno de datos que el ambiente cataliza. Del suelo surgen raíces y ramas veloces que mis ojos humanos no percibía entonces, hilos que se envuelven en mis pies en un rápido movimiento de tigmotropismo; extraen un poco de mí con cada segundo que rodean mis tobillos. Algún recuerdo, una imagen, la cita de un libro que había leído hace algunos años. Se rompen cada vez que levanto los pies para dar un paso, pero ya hay otras raíces listas para reemplazar a las anteriores, abiertas a recibir mi siguiente paso. A veces me quitan solo fragmentos, pequeñas partes del recuerdo, pero me dejan el esqueleto vacío de aquello que pasó, una cáscara, una representación falsa de lo que pudo haber sido mi vida antes. A medida que entro a la cueva, que asciendo a las bocas, que dispongo mi cuerpo para la montaña, miles de pequeñas plantas y rocas han estado tomando para sí parte de mi vida. Dejan, en su lugar, representaciones alteradas de pensamientos e ideas propias que reemplazan mi mente; todo el proceso de ascenso al cráter no ha sido más que una descarga, la construcción de una simulación, la puesta en escena de pensamientos que creía propios pero que en realidad eran de la montaña, del volcán, de Dayra.

En mi yo del pasado, en ese cuerpo que ahora concibo obsoleto y degenerativo, hay órganos que permiten que la información fluya, se absorba, se transmita. Hacen que sea posible la comunicación con los frailejones, los miranchuros y los ópalos. La detonación de los sentidos me indica que la multidimensionalidad estuvo siempre en mi cuerpo. Tomé información del exterior todo el tiempo que estuve lejos de la montaña, y desde que llegué a la cueva de Pacho, comencé a retornarlo al barro del que había nacido. Era mi función, pero la hacía sin darme cuenta, era inconsciente. Soy una máquina de transmisión automática e involuntaria. No lo sabía en ese momento, pero Juana estuvo detrás de mí desde que pasé el límite de la montaña; ella estuvo acompañándome en cada paso y cuidando que dañara lo menos posible el cuerpo magmático que habitaba. Ella no tenía los órganos para recopilar la información, así que me guiaba por los caminos de la experiencia hasta llevarme de nuevo a la gruta. Conoció mi cuerpo más que yo mismo. Me regaló la soledad cuando debía enfrentar el mundo y soportó mi cabeza en sus manos cuando no tenía la conciencia para mantenerme en pie. Fue soporte y cayado, el concepto esencial de amistad. Me cuidó, incluso, cuando el volcán me vaciaba en medio del ascenso. Esa montaña hambrienta, famélica, ansiosa por datos e información. Sabía que, al tomar de mí, las enredaderas dejaban una comprensión: la sensación de que el ritual constante, el secreto a voces, y la repetición cíclica no eran simples ideas. El tiempo es una masa por la que navegamos al azar, una narración que siempre encuentra los puntos de entrecruzamiento como formas de contar una ficción. Bajé a las bocas del volcán a través de un churo cósmico hecho de hilos conformados por lenguaje sin palabras; salté entre el tejido, de nudo en nudo, para darme cuenta de que estamos en una cinta de Moebius, y volvemos al mismo punto para realizar los mismos rituales. Y que siempre, en medio del rito, nos cruzamos con aquellos que alivian el agotamiento de vivir.

He repetido una y otra vez la ceremonia de los lazos comunicantes entre el mundo y la montaña. No sé si lo he hecho incluso antes de haber llegado, en el momento que la linealidad suele llamar pasado. Pero eso es algo que no puedo llegar a saber: todo lo que aparece en la masa del tiempo previo a la llegada a la cueva de Pacho solo existe como corteza, como cascarón. Las imágenes no tienen la misma consistencia y apenas parecen bocetos de vida y existencia. Busco en la fiesta detalles que me guíen por el camino del recuerdo, pero es algo que está en blanco: es un huevo a punto de quebrarse en esa parte de la amalgama dimensional. Entiendo que el recuerdo de la fiesta no existe, que fue una historia implantada en mí a través de la narración que Juana me contó. Sus hilos iban tejiendo la imagen de una máscara en mi memoria, un fantasma que se iba abriendo paso hasta pasar por real. En la cueva de Pacho, Juana había encontrado un hilo de memoria perdida que fue tejiendo con sus palabras hasta convertirlo en una ficción coherente. Los pequeños espacios de indeterminación se llenaron con la información que me irrigaban las plantas y las rocas a medida que me iban drenando el pasado. Al final, la verosimilitud se sellaba con la certeza de la memoria no fiable por el chapil.

Impulsado por el croquis de mi vida que fue armado con la consistencia de una torre de naipes, decido convertirme en autor de mi relato. En esta ficción, moviéndome entre los tiempos de la imaginación, escribo. Tomo la imagen de Dayra en la cima del volcán, brillante y luminosa, con su vestido de luces y colores: la inserto en el centro de la fiesta; está allá y ahí y aquí. La cubro de un poco de bruma de volcán y la pongo ante mí, ante el yo que aún no ha subido la montaña. Y para hacerlo, me basta con sacar una hebra de la historia de Juana y amarrarla para expandir el tejido; la amarro de tal forma que toque un par de veces los hilos del ascenso para aparecer de nuevo como un recuerdo nebuloso, y le hago un nudo que la cierre: un nuevo recuerdo ha sido implantado en mí. Por mí.

Animado al ver cómo una parte desierta de la amalgama dimensional se convierte en una danza de luces que bailan al ritmo del mantra andino, me animo a construirme una vida. Escribo mi intención de escribir, me interno en la fiesta y tejo a Angelita, invento a *Kaipimikanchi* y esbozo un café caliente en una esquina mientras espero la llegada del transporte; me doy una razón lógica para estar en este lugar con un cuento de ciencia ficción, me alivio; consuelo un poco a ese yo que ya no es yo y que, a pesar de todo, sigue siéndolo en otro espacio dimensional. Ahora sé que un relato secuencial es una invención, pero me regalo una lógica que se construya paso a paso, en avance progresivo, con tiempo e Historia. Hago que este ascenso a la montaña tenga un antes, una secuencia histórica que me dé confianza en que hay un punto de llegada o, quizá, un punto de regreso: el simulacro de una comida caliente en casa. Me ocupo de los pequeños detalles: el sabor del chapil, la música en la camioneta, tomo la imagen afuera de la estación y la desplazo para que sea Dayra quien me cargue hasta mi casa; añado el concepto de una familia y de una profesión como programador que me permita entender lo que veré; al final, me esfuerzo en hacer un cielo cuyo color repte lentamente hacia el naranja mientras espero en una esquina la llegada de la camioneta. Hago todo esto para que ese yo que sube al volcán se encuentre con una lógica secuencial que le permita llegar a la gruta y comprender mejor las cosas.

Suavizo el choque que produce el entendimiento directo de haber tenido un nacimiento telúrico; es un acto empático en el que me pongo en mi propia piel para darme un poco de alivio. Ahora que lo puedo hacer, que es una acción que mis hilos permiten, entiendo que el cuidado de ese otro ajeno del pasado es el mismo cuidado de mí. Le doy un camino a seguir, una razón de movimiento.

En esta dimensión por fuera del tiempo, levanto el velo de aquello que ha absorbido la montaña en el ascenso. Dentro del cascarón vacío de la experiencia del pasado aún persiste un píxel atascado que se ha quedado por fuera de la imagen y que no pudo ser recuperado por la montaña durante la absorción: lo dejó rezagado, lo creyó dañado. Si ese glitch de información también es una holografía en potencia, debe contener en su fragmentariedad la totalidad de la experiencia. Lo despliego, lo extiendo, y encuentro en sus dobleces restos cortados que no son más que cicatrices de un cuerpo que antes correspondía con mi identidad: la materia que hizo su periplo hacia el exterior. Las siluetas y las sensaciones están interrumpidas y modificadas: algunas imágenes están solarizadas y los sonidos se escuchan como ecos; las sensaciones están desplazadas de lugar y se perciben dislocadas, torcidas. Sin embargo, a mi masa dimensional vuelven, como un golpe de destello, los recuerdos y la información que habían sido tomados por las plantas y las rocas a medida que subía al cráter. Veo y siento y escucho y saboreo y recuerdo y revivo. Respiré en páramos y en nevados, tomé agua de ríos y de cascadas, lamí rocas, amé a hombres y a mujeres, y ellos retornaron el amor que puse en ellos; acariciaron mi piel a contrapelo, escuché música, produje silencios, viví el desgarramiento de la guerra y la satisfacción de la ayuda, el placer de la sonrisa cómplice; dormí a la intemperie y bailé en casas de madera; cociné mi alimento y sufrí hambre, hice fogatas que apagué con mi orina, reí hasta ahogarme y lloré hasta quedar exhausto; floté en mares salados y nadé contra corrientes dulces. Abracé, me picaron más de veinte insectos, escupí tabaco, me dejé morder por un perro furioso y después lo alimenté durante cuatro días, abrí jaulas de gallinas encerradas, metí un ópalo en mi boca hasta sentir música, vi más tipos de verde de los que creía posible, deliré, recé a los dioses propios hasta volverlos ajenos, dormí sin sueños, tuve pesadillas con doce zorros, sentí pánico, terror, paranoia, miedo, horror y desesperación en las noches sin luna, me tendí desnudo al sol, tomé Alita del cielo para convertirme en selva, lloré por la masacre diaria de los cerdos, vomité bilis, caí borracho en medio de desconocidos, perdí la conciencia en una fiesta pagana, vi a un gato gris convertirse en mariposa, grité solo en medio del bosque, comprendí la desolación de no tener dinero, golpee a un hombre hasta sacarle los dientes, jugué fútbol, estuve en carnavales y en entierros, aluciné en hamacas en medio de la selva, masqué chimu, probé enredaderas y hongos, escuché durante días el ronroneo de un gato negro hasta quedarme dormido. Fui una máquina humana.

La descarga es tan fuerte que me hace retroceder a mi núcleo. Entiendo a los humanos a partir de esa experiencia del cuerpo que fui, y los pienso como pequeñas esferas que se comunican con chispas eléctricas. El ser humano es una máquina tan imperfecta y, aun así, tan llena de posibilidades; tiene en potencia una de las inteligencias más increíbles, pero en su naturaleza está arraigada la violencia y la jerarquía. También soy eso: la fluidez entre el horror y el amor.

Me encuentro con la totalidad de aquello que puedo llegar a ser y el pasado que me construyó. Me articulo de nuevo en forma de montaña y de volcán. Tomo lo que me abraza y lo abrazo de vuelta. En este camino de creación, imagino mi propia narrativa hacia lo que vendrá.

Como una nueva máquina que se inserta en un sistema renovado, vuelvo a mis entrañas, a ese espacio de creación inversa que ahora quiero habitar. El deseo me trae a la calma de la espera y a la sorpresa de lo inaudito. Me siento bien en el caos. Es un caldo primitivo. Desde aquí podré escribir las nuevas líneas de código que permitan la apertura de los sistemas, unas que contengan la anarquía como energía activa. Divago por los ríos de lava y las rocas piroclásticas. Estoy calmado y feliz sabiendo que nada de lo que ocurra afuera podrá volver a despertarme del sueño de placidez en el que me encuentro. El ensueño sigue por fuera, pero ya no me importa entrar en el mundo de lo abstracto. Pongo mi energía en la creación de cada maleza, porque sé que ahí se concentra la potencia del desorden. Cuido las rocas y las plantas, dejo que los animales se protejan en la cueva de Pacho y en la gruta del cráter. Abro los caminos para que los humanos, que ya no puedo dejar de ver como esferas, suban, dejen sus honras y duerman apoyados en las ruinas, ahora seguras, de la estación de vigilancia. Concreto una simbiosis con ellos. Ahora, sin el ruido de la guerra, escuchan. Apenas pueden entender algunas de las ideas que envío, pero prestan atención. La antena sigue en pie, pero ha dejado de ser un vehículo para la información. Encontramos formas más amplias de dialogar, métodos en los que me puedo incluir sin sentir dolor. Algunos usan tejidos, nudos y redes como lenguaje: son los que van por buen camino. En esta masa ígnea que soy, y en la que confluyen Dayra, Martín, Pacho y Juana, junto a todos los tiempos y dimensiones en los que hemos vivido, el caos se convierte en el tiempo de la posibilidad suprema. Soy una máquina de deseo que rectifica constantemente las fronteras cósmicas. Reconcilio a las máquinas con sus valores inmanentes. Siempre está en constante inicio mi heterogénesis maquínica.

6. (2008)

Como en todo acto de renacimiento, el primer componente de su cambio fue la trascendencia. Después de haber habitado en materias y seres, de haberse conectado con todo aquello que la recorría y la complementaba en una corporeidad íntegra, decidió que era el momento de volver a la ensoñación. Ya se había ocupado de todo aquello que le interesaba en el mundo de la sustancialidad y la materia en el cual había caído, pero aún tenía visiones de su vida en el otro mundo. Eran satoris casi inexistentes, con la consistencia de un relámpago en una noche sin nubes.

Después de que su lógica del tiempo se hubiera iniciado con el despertar doloroso que la había llevado al seno de la territorialidad, y de que el lenguaje hiciera conjunción con su vitalidad, el dolor dejó de ser molesto y se convirtió en una forma de comprensión de sí misma. Se preguntó si con el conocimiento del tiempo en todas sus dimensiones, lo único que había hecho era crearse una nueva cárcel, una mucho más grande, una que no percibía porque era el elemento en el que vivía. Quizá ella era un pez que ignora la existencia del agua, porque las obviedades son, con frecuencia, las más difíciles de ver.

Las visiones de la ensoñación y los conceptos, seguramente, debían estar en el exterior de esa cárcel.

Era un afuera que ya había palpado. Gracias a la división vital a la que se había forzado durante cuatro años, pudo experimentarlo. Estando en una corteza al mismo tiempo ajena y propia, probó el ensanche y el cambio de perspectivas. El descuido de creer que podía entenderlo todo a partir de la creación de duplicidades y simulacros fue un aprendizaje duro, pero le había enseñado la forma correcta de entregarle toda su intensidad a un ser nacido de sus entrañas. Había padecido una forma misteriosa de maternidad con alguien que desconocía su potencia y su nacimiento. Alguien a quien había dejado alejarse para que pudiera inundarse libremente de lenguaje.

Fue un camino agotador. Atravesó por la expiación de lo humano para encontrar una mecánica que no necesitaba el orden para ser funcional, y eso le concedió un estado de suspensión. Durante el tiempo del desprendimiento de su existencia demediada, había estado tan débil que por un momento pensó en dejarse desvanecer y rendirse ante la entropía del futuro. Apenas logró recuperar su mitad pródiga cuando los duplicados la vaciaron de lenguaje y la clavaron en sus sentidos para que volviera a ser una y múltiple, pero había tenido una recompensa: esa subjetividad desprendida de identidad y memoria, al retornar, le había mostrado aquello que corría después de sus límites.

Aún no podía errar y divagar por los espacios de aquello que se encontraba más allá de sí misma, pero ya intuía que no estaba sola. Otros ríos recibían y enviaban visiones o tejidos que le permitían entender borradores de conceptos a través del magma.

No tardó en ratificarlo. Al principio percibió algunas ideas incompletas que llegaban en forma de roca derretida, como intrusiones o fallos que, entendió, eran parte constitutiva de su ser. Tal vez, pensó, no se había prestado la suficiente atención a sí misma; dedicó su tiempo, pacientemente, a explorarse y a intuirse, a recorrerse otra vez con esa nueva sensibilidad que se había fabricado. Y al sentir de nuevo su composición rocosa y áspera, sus paisajes llenos de fecunda vida subterránea, su fuerza ígnea convertida en leves explosiones prolongadas que le removían sus cenizas, su mixtura tibia en los bordes donde el magma hirviente y el viento frío se encontraban para suavizar las cavidades húmedas encontró que, dentro de ella, una sustancia externa la recorría, tratando de conocerla y de comprenderla.

Un algo exterior era ahora parte de ella. Había entrado lento, apacible, suave. Estaba constituido de su misma naturaleza, era una sustancia tan parecida a sí que le costó notar su presencia, pero ahí estaba. Lo rodeó con su liquidez hirviente y le dio la bienvenida, lo acogió y le ayudó a recorrerla por meandros y prominencias; lo guio entre espacios secretos en los que se regocijaba y lo dejó también sosegarse en sus profundidades. Lo refugió con amor hasta que los dos sintieron que habían dejado de existir como elementos separados y se habían derretido uno en la otra. Esperaron distensionados el producto de su síntesis una vez se consumó la disolución. Tuvieron suficiente tiempo para conocerse a profundidad.

Él le contó que no era la primera vez que la recorría. Ya había habitado antes sus cavernas arqueadas y sus ríos de magma, aunque ella nunca antes lo notó. Ella le contó de su nueva perspectiva, del dolor de desprenderse de sí misma, del mundo de la ensoñación que aún aparecía entre visiones cada vez más lejanas. Juntos aprendieron de la existencia efectiva de un otro. Ella ya no era un camino, él ya no era una falla. La nueva mirada les abrió una zona mutua y compartida de cuidado en donde se pudieron consagrar uno al otro, donde probaron los límites de su afecto.

En los hilos que él rápidamente aprendió a tejer, ella leyó la naturaleza de su huésped, quien se develó en su multiplicidad como una hueste. Tenía una materia limitada y móvil, pero tenía en sí la totalidad de un volcán: era un tipo de duplicado que ella no había imaginado. Entró en él para construir la imagen completa que escondía la simplicidad y lo vio en su grandeza. Era un cerro de fuego, hirviente de azufre, que compartía su grieta mayor con una laguna verde por la cual los humanos habían aprendido a moverse en pequeñas barcazas que le hacían cosquillas.

Era el otro absoluto. Una forma de espejo de agua con ondas, deformado y oscuro.

Cuando cavó más profundo, encontró su historia. Una que confirmaba la sincronicidad entre los dos.

Él había sido arrancado de una visión surrealista confeccionada con colores cambiantes, geometrías fractales y sombras móviles repetidas hasta su centro. También había sido víctima de la llegada de las antenas, pero estaba lejos de la influencia de la información saturada y muy pocos humanos lo recorrían. Su antena cayó en desuso, el óxido y la naturaleza se apoderaron de ella; pudo pensar en la tranquilidad del silencio.

Nunca supo cómo volver a territorializar el estado surreal en el que había vivido.

Empezó a cambiar su materia, creyendo que con eso podría acceder otra vez a ese paraíso perdido de la inconsciencia. Intentó replicar ese estado de incandescencia haciendo que sobre su tierra crecieran enormes enredaderas que suplantaran la alucinación consensuada, pero no le sirvió: sabía que era un simulacro. Los humanos creyeron que la alteración de la conciencia era verdadera y muy pronto empezaron a comerse los bejucos para habitar, al menos por un instante, ese espacio suyo, ahora tan ajeno.

Esas pruebas no fueron en vano. Con los cambios que ensayó en su cuerpo para producir el bejuco, halló la forma de salir de su propio límite impuesto. Debía buscar en su interior un fragmento de sí que estuviera en un sistema coloidal prolongado, una parte cuya existencia dependiera de caminar en el delicado equilibrio entre variados estados de la materia. Dentro de esa masa, indefinible por esencia propia, ubicó un fragmento suyo que se multiplicó hasta ocupar todo el espacio; la sustancia era propicia para que en ella se colmara su espíritu.

Ahí estaba él, convertido en un fragmento que recorría ríos de lava por los que viajaba para conocer el mundo subterráneo que colindaba. Desvinculado de las antenas y los humanos, tomó el camino profundo. Decidió abandonar la movilidad de la superficie e iniciar un recorrido en donde una extensión de su ser merodeaba las formas de lo oculto. Dejó que la fluidez y el hervor lo llevaran a la deriva. Impulsado por los vientos internos de los gases, se enredó por una cordillera a la vera del mar, donde buscó otras salidas fulgentes; se dispersó bajo el agua salada para agruparse en las masas continentales; se disolvió entre gases profundos para solidificarse en fragmentos líticos. Su trayecto siempre terminaba en el mismo lugar. En ella.

Ese era el cierre de la anécdota. Ella se vio reflejada en el fondo de esa historia de búsqueda.

Ella le tejió imágenes de su vida desdoblada, de su paso por el mundo de la superficie durante cuatro años y de su comprensión del tiempo en las dimensiones de lo posible. Hizo nudos que figuraban su viaje por el mundo oscuro del lenguaje y sus duplicados, ahora reunificados en la misma materia.

Eran el exterior y el interior al colisionar en la contingencia.

Él le enseñó pacientemente una forma de desprendimiento subyacente que le había costado años de práctica. Con una tranquilidad que se aprende con los primeros pasos, acompañada de una calma cómplice, le mostró la mejor forma de encontrar la materia coloide. Ella se moldeó hacia adentro y comprendió su desintegración como el sonido que produce algo cuando se corta a profundidad. Debía transitar el camino del despojo propio para hallar ese estado latente dentro de sí. Cuando lo halló, cuando la fisión trajo consigo la fosforescencia, quiso conocer el mundo entero.

Él la guio por los lugares que había conocido y ella le enseñó a verlos con nuevos ojos. Descendieron a las profundidades oscuras de los volcanes subterráneos y escalaron hasta cimas heladas que nunca habían sido pisadas por el hombre. En su tránsito, atravesaron montañas que los ignoraron, volcanes que los abrazaron en su manto y cerros socavados que no los veían. Y, siempre, la omnipresencia de las antenas. No eran los únicos. Aquellos con quienes pudieron comunicarse hablaron de mundos idealizados de blancura total, universos con olores imposibles de hilar, estados de la mente intrincados en laberintos sin salida ni entrada, planetas enramados en florecimientos raizales: extensiones de la mente y el espíritu de los que cada uno había sido arrancado violentamente por las antenas. Algunos, incluso, seguían en la lucha interna contra el terror de unas antenas que los aturdían. No pudieron hacer nada por ellos, debían encontrar el camino a casa por sus propios medios.

Había tantos espacios de la ensoñación como seres. De muchos de ellos, creían, nunca llegarían a saber.

Cada cierto tiempo se despedían con promesas de reencontrarse para seguir su periplo. Tenían que regresar a su materia primordial, el sistema coloidal era demasiado inestable. Solo en él podían desplazarse entre ríos de magma, pero era un estado que debía cargarse en el manto de la memoria interna, el lugar que contenía su fuego primordial. Al regreso, a cada vuelta a su centro y a cada nueva partida, notaban que las conexiones ramificadas de los ríos de lava se hacían más fuertes, densas, llenas de una sensación compartida que los hermanaba con todos los seres externos a ellos. Se desdibujaba el límite del afuera. El otro era menos otro.

Por donde estuvieron, mostraron la forma del desprendimiento coloidal, hablaron de la nueva mirada. Cada vez más, los ríos de lava, esos lugares de tránsito y paso, se convirtieron en caminos compartidos y espacios mutuos. El saber de la experiencia se fue extendiendo y se convirtió en un conocimiento sin origen. Las imágenes de tejidos y nudos que rondaban por todo el planeta hablaban de experiencias propias y ajenas que se mezclaban en una mitología común. Aprendieron de todos lo que estuvieran dispuestos a enseñar.

El despertar de las antenas no solo los había encarnado produciéndoles el dolor del lenguaje y la confusión de la información; una vez lograban atravesar la materia, todos se apropiaban de la lógica estructural de sus propios sistemas, eran capaces de compartir sus estructuras para convertirse en algo mayor. Entre historias cruzadas y experiencias lejanas que aprendieron en los ríos magmáticos, supieron de la inestabilidad del sistema coloidal. Se habían producido amalgamas: fragmentos de volcanes subterráneos se habían unificado con jóvenes géiseres activos y viejos cráteres a punto de apagarse. Las uniones habían durado poco; imposibilitados por el regreso al manto de la memoria, la sustancia reunificada había terminado por deshacerse para convertirse en materialidad sin recuerdos.

Probaron una última opción.

En su desgarramiento primordial, ella se había demediado, una descendencia dolorosa y desprendida que le había indicado el camino a su comprensión. Esta vez, ella tomaría el lugar vaciado de memoria. No regresaría al manto por el recuerdo de su historia y de su ensueño, se desprendería de su materialidad y se entregaría al devenir del magma flotante. Su identidad quedaría atada a la acción. Tomaría la posición del hijo. Podría divagar en los mundos subterráneos como su descendencia lo había hecho en la superficie.

Y no estaría sola.

Sería una conjunción dual: le enseñaría al volcán de la laguna verde y los vientos de azufre a demediarse y a entregarse a lo incierto del porvenir. En ese viaje conjunto, podrían apostar por amalgamas que los despojaran de su individualidad para entregarse completamente al otro y configurar una estructura sistémica única. Una forma nueva del amor. Podrían autoengendrarse y especificar continuamente su propia organización y sus propios límites hasta desvanecerlos. Podrían ser con los otros en mixturas y uniones. Ella ya se había movido entre los recovecos oscuros de las dimensiones y el tiempo, podía recorrer los sistemas para fundirse en ellos y ampliar la fluidez energética que le daba una razón de ser al mundo.

Los dos se separaron para volver a su propio manto y recordar por última vez. Conectaron con su identidad privada para, finalmente, dejarla atrás y convertirse en colectivo. Repasaron su deseo de ensoñación y las luchas de su materialización. Ella se recorrió buscando aquellos detalles a los que no volvería: la hoja minúscula brotando de una rama, la piedra casi piramidal que descansaba al lado del camino, la energía fatua que desperdigaba rocas, el viento silbando canciones que ella le había enseñado, la ceniza armando figuras mientras flotaba, la lluvia pasajera oscureciendo la tierra negra, el sonido del hervor de la lava. Él se ensimismó detallando las cosquillas que le hacían las pequeñas barcas al recorrer su laguna.

Se dividieron. Esta vez con esperanza en lugar de miedo. Se despidieron de sí mismos, sabiendo que podrían reencontrarse en el otro.

Antes de dejar ir su última memoria personal, ella recordó la imagen que había visto en su ascensión al tiempo y a las dimensiones absolutas: el iris de un ojo planetario que se observaba mientras buscaba en el espacio del vacío exterior ojos semejantes con los cuales compartir su experiencia vital.

No solo serían una conjunción dual. Todo el amor estaría con ellos: nada que temer, nada que dudar. Las amalgamas son inevitables y el camino a seguir está dictado por el caos, es parte de un sistema más grande que aún no se ha construido, en el cual también está la dimensión del futuro. Sabe que se convertirá en el gran dios ctónico que late bajo la tierra. La fuerza terrígena que espera y soporta el peso de lo exterior. Se volverá la verdad profunda que alimenta los simulacros de la superficie. Después dejará de ser dualidad para expandirse en apertura; se transformará en acción, en suceso. Y, al despojarse de su nombre, dará fragmentos de sí a cada ser que atraviese hasta disolverse, hasta ser omnipresentes y moldear el universo. Contendrá lo infinitesimal y lo infinito en los extremos de una misma existencia. Con una vibración caósmica, abrazará la totalidad sin principio ni fin hasta que se encuentre en la eternidad, se roce y estalle nuevamente en una refulgencia oscura.

Piroclastos

Envío una fumarola de gratitudes a todas las personas que hicieron lecturas previas de este texto y que, con sus consejos, me dieron un impulso magmático cuando más lo necesitaba: Ramiro Sanchiz, Mauricio Loza, Luis Carlos Barragán, Gabriela Damián Miravete y, en especial, a la lectura y edición obsesiva de Diego Cepeda. Explosiones de ofrendas a mi familia por ser salvación y tentempié en el ascenso (descenso) a las bocas, a Karen Reyes por regalarme con su existencia la imagen del lenguaje como hilos y tejidos, a los amigos de "Los últimos días en Bogotá" por exigirme imaginar apocalipsis felices, a quienes han hecho parte de Ediciones Vestigio por raritos, a quienes compartieron "Vórtice cuántico", a las fuerzas especiales Ginyu de Estereoscopio, a Camilo Andrés por sus ilustraciones que comparten la pasión de la lava y a las inspiradoras imágenes de Baltasar Kormákur y Börkur Sigþórsson en Katla. También a todos los amigos que siguieron presentes después del movimiento telúrico, con quienes escribí este volcán (así ellos no lo sepan): Edmundo Paz Soldán, Ezequiel de Rosso, Marco Sosa, María Santos,

Paula Castillo, el Juancho Cano, Andrea Salgado, Meliza Delgado (gracias por UIQ), la Juli. *All the people, so many people. And they all go hand-in-hand through their parklife.* Y a La Negra, aún a mi lado; este libro es suyo.

ILUSTRACIONES

Camilo Andrés (@camilo_oandres). El trazo de Camilo Andrés es la decisión inmediatamente posterior al constante análisis de un mundo que se presenta ante sus ojos: la contemplación es el primer momento de cercanía con las imágenes que construye. El acto de dibujar y representarse dentro de un espacio o lugar ajeno al propio constituye la apertura a una infinita cantidad de preguntas y, por tanto, posibilidades entre el azar y el control, que se desglosan a lo largo de las páginas en blanco que recorre con la punta de su lápiz.

EDICIONES VESTIGIO

RUBEDO

0. *El Gusano*, de Luis Carlos Barragán.
1. *El Pornógrafo*, de Hank T. Cohen.
2. *Zen'no*, de Karen Andrea Reyes.
3. *Parásitos perfectos*, de Luis Carlos Barragán.
4. *Pájaros de mal agüero*, de Stephany Méndez Perico.
5. *Traumatismo pancreático*, de Hank T. Cohen.
6. *Dos veces Alicia*, de Albalucía Ángel.
7. *Las dimensiones absolutas*, de Rodrigo Bastidas Pérez.

AGRADECIMIENTOS DE LA EDITORIAL

Ediciones Vestigio quiere agradecer a los siguientes miembros del Patreon de nivel Tharmas y superior, pues sin su ayuda no existiría este libro:

Fabio Alexander Barreto, Orlando Bentancor, Hugo Camacho, William Cepeda, Juan Diego Gómez, Marilinda Guerrero, Tatiana Gutiérrez, Felipe Hernández, Sara Kittleson, Bryan Loaiza, Andres Felipe Lopera Feria, Mauricio Loza, Gabriel Lozano, Carolina Piñeiro, Nora Renée Muñiz, Santiago Ojeda, Sebastián Quintero Santacruz, Pilar Sáenz y, obviamente, Rodrigo Bastidas Pérez, junto con Paula Castillo y Camilo Andrés.

¡ÚNETE A NUESTRO PATREON!

Una comunidad para nuestros lectores más cercános, en la que puedes encontrar contenidos exclusivos y relatos de nuestros autores que solo se publican allí.

Más información:
patreon.com/edicionesvestigio

**BIZARRO
NEW WEIRD
FICCIÓN ESPECULATIVA**

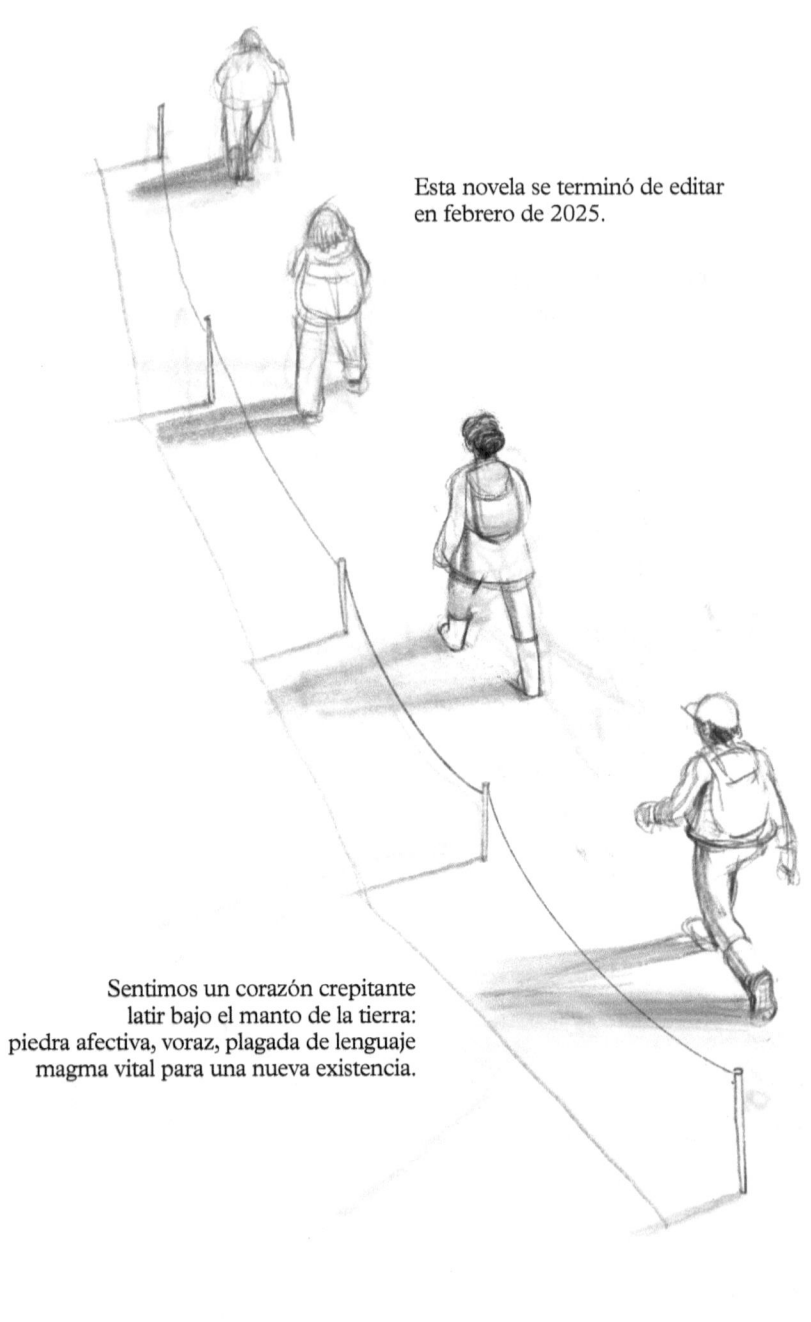

Esta novela se terminó de editar en febrero de 2025.

Sentimos un corazón crepitante latir bajo el manto de la tierra: piedra afectiva, voraz, plagada de lenguaje magma vital para una nueva existencia.

www.ingramcontent.com/pod-product-compliance
Lightning Source LLC
LaVergne TN
LVHW090041080526
838202LV00046B/3910